Die drei !!!
Stylist in Gefahr

Mira Sol ist freie Kinder- und Jugendbuchautorin und schreibt im Rahmen der Reihe ›Die drei !!!‹ neben Henriette Wich, Maja von Vogel und Petra Steckelmann spannende Detektivgeschichten für Mädchen.

Die drei !!!

Stylist in Gefahr

Erzählt von Mira Sol

dtv

Weitere ›Die drei !!!‹-Bände
sowie ausführliche Informationen über
unsere Autoren und Bücher
www.dtv.de

MIX
Papier aus verantwortungsvollen Quellen
FSC® C019821

Ungekürzte Ausgabe
2017 dtv Verlagsgesellschaft mbH & Co. KG, München

Umschlagbild: Beate Fahrnländer
Gesetzt aus der Stone Informal 11/14'
Gesamtherstellung: Druckerei C.H.Beck, Nördlingen
Gedruckt auf säurefreiem, chlorfrei gebleichtem Papier
Printed in Germany · ISBN 978-3-423-71745-8

Stylist in Gefahr

Trauer zur Happy Hour

»Ich hasse sie!« Marie starrte auf die Glasplatte mit den quietschbunten Cake-Pops, die die Bedienung vom *Café Lomo* an ihren Tisch in der Sofaecke gebracht hatte. Sie pflückte einen der kugelrunden Minikuchen vom Holzstiel und biss hinein. »Lecker«, nuschelte sie. Sie kaute nachdenklich und schluckte. »Ich hasse sie einfach«, wiederholte Marie und legte das angebissene Stück auf ihren Teller.

»Ja, was denn nun?«, fragte Kim. »Magst du das Zeug nun oder nicht?« Sie wählte zielsicher eine mit rosa Glasur überzogene Kugel aus. »Also, ich liebe es!« Genüsslich ließ Kim das süße Gebäck im Mund kreisen.

»Wenn du pünktlich gekommen wärst, hätten wir zusammen bestellen können.« Franzi warf ihrer Freundin einen vorwurfsvollen Blick zu. »Wir konnten ja nicht ahnen, dass dir Cake-Pops nicht schmecken!« Sie ließ ihre Hand über einem mintgrünen Creme-Ball und einem Mini-Gugelhupf hin- und herwandern. »Aber wir bekommen sie zum Happy-Hour-Preis, weil

Freitagnachmittag ist. Und ich finde sie sehr lecker!«

Marie schüttelte heftig den Kopf. »Nein … ich meine ja! Die schmecken wirklich großartig«, beeilte sie sich zu sagen. »Ich meinte *Lina*.« Maries Augen schienen vor Wut Funken zu sprühen. Sie strich sich eine blonde Haarsträhne aus dem Gesicht und nahm einen kräftigen Schluck von ihrem *Kakao Spezial*. Die warme Schokolade mit Vanillearoma und viel Milchschaum rann Maries Kehle hinab und wirkte wohltuend beruhigend. Nicht umsonst war sie das absolute Lieblingsgetränk der drei!!! hier in ihrem Lieblingscafé.

Als Marie die Tasse schwungvoll auf dem Tisch abstellte, klirrte es gefährlich. »Ich hasse Lina einfach!«, knurrte sie.

»Oh. Deine Stiefschwester.« Franzi schubste das grüne Kuchenstück auf ihren Teller. Sie sah Marie an. »Was ist denn jetzt wieder passiert? Hat sie heimlich deinen Lieblingspullover genommen? Badeöl? Zeitschriften, CDs oder dein Glätteisen?«

»Das hat sie doch schon vor zwei Wochen kaputt gemacht«, murmelte Marie. Sie ließ die Schultern hängen. Plötzlich musste sie an ihre Mutter denken. Alles wäre anders, wenn sie noch leben würde. Doch Anne Grevenbroich war gestorben, als Marie noch ganz klein war. So viele

Jahre waren seit ihrem Tod vergangen – und immer noch vermisste Marie sie schrecklich. Ihre Augen brannten. Zwar erfüllte Maries Vater ihr jeden Wunsch und verwöhnte sie sehr, aber als erfolgreicher und viel beschäftigter Fernsehschauspieler war er leider oft nicht zu Hause. Zudem hatte Helmut Grevenbroich vor einiger Zeit eine neue Frau kennengelernt: Tessa Beckmann. Mit ihr und ihrer 12-jährigen Tochter Lina lebten sie jetzt zusammen in einer Villa im Ostviertel. So gut Marie mit Tessa zurechtkam, so schlecht war das Verhältnis zu deren Tochter. Marie drehte den Opalring an ihrem rechten Ringfinger. Wenn ihre Mutter doch noch leben würde!

Kim und Franzi rückten näher an Marie heran. Kim legte den Arm um sie. »Erzähl!«

»Es ist total nett, dass ihr euch immer wieder den Mist anhört, den ich mit Lina erlebe.« Marie putzte sich die Nase mit der Serviette. »Die macht mich echt fertig.«

Franzi zwinkerte Marie aufmunternd zu. »Vergiss nicht: Wir sind die erfolgreichen drei !!!. Wir haben gemeinsam weit über dreißig Kriminalfälle gelöst. Wir haben gefährliche Erpresser, dreiste Diebe, fiese Bankräuber und Verbrecher aller Arten dingfest gemacht. Da wirst du doch mit einer kleinen 12-jährigen Nervtussi fertig werden!« Franzi ließ den Creme-Ball in ihrem Mund verschwinden.

Jetzt lächelte Marie wieder. »Ihr seid die Besten. Ich weiß nicht, was ich ohne euch machen würde.«

»Wacheinlich in Deprechionen fafalln«, nuschelte Franzi mit vollen Backen.

Marie zwinkerte ihr zu. »Da könntest du recht haben.«

Franzi schluckte und leckte sich einen mintgrünen Klecks von der Lippe. »Aber jetzt im Ernst. Erzähl, was ist passiert?«

»Sie hat sich an den Masken vergriffen!«

Kim und Franzi brauchten einen kurzen Moment, um zu verstehen. Dann fragte Franzi: »Du meinst die drei Karnevalsmasken, die du in dem kleinen Laden bei der netten Dame gekauft hast?«

»Während unseres Falls in Venedig«, ergänzte Kim.

»Genau. Vorhin, als ich aus der Schule kam, hatte sie die Teile einfach aus meinem Schrank genommen und für eine Schattentheater-Probe mit Carla verwendet.«

»Sie hat *was* damit gemacht?«, wollte Franzi irritiert wissen.

»Linas Theater-AG an der Schule führt Edgar Allan Poes *Die Maske des Roten Todes* auf. Und zwar als Schattentheater«, erklärte Marie. »Da wird ein weißes Tuch als Leinwand zwischen Bühne und Zuschauer gespannt. Hinter dem

Tuch befinden sich die Schauspieler und eine Lampe. Sie strahlt so auf die Personen, dass ihre Schatten auf die Leinwand geworfen werden. Von vorne sehen die Zuschauer dann nur die schwarzen Silhouetten.«

Franzi schüttelte den Kopf. »Was für ein Aufwand. Wer kommt denn auf so eine Idee?«

Marie lächelte. »Es ist gar nicht so aufwendig, wie es klingt. Und die Licht- und Schatten-Effekte sind toll. Lina hat die Vogelmaske so geschickt vor die Lampe gehalten, dass der Schatten ganz unheimlich verzerrt war. Alles hängt vom Einfallswinkel des Lichts ab. Die Augenhöhlen waren riesig und der Schnabel so lang wie ein Samurai-Schwert. Es war eine supergruselige Darstellung der Figur des Roten Todes. Dazu muss gar nicht viel gesprochen werden. Das ist wie eine eigene Sprache …« Marie hielt plötzlich inne und schüttelte entsetzt den Kopf. »Jetzt erzähle ich auch noch, wie toll Lina das alles gemacht hat. Ich fasse es nicht!«

Kim klopfte ihr auf die Schulter. »Du spielst schließlich selbst Theater. Ich finde es ganz normal, dass du dich für solche Inszenierungen interessierst.«

»Das denke ich auch«, stimmte Franzi zu. »Und es bedeutet ja nicht gleich, dass du deswegen alles toll findest, was Lina macht.«

Marie nickte heftig. »Allerdings! Im Übrigen

kann sie machen, was sie will. Sie soll sich nur keine Sachen mehr von mir nehmen! Und wenn, dann soll sie gefälligst vorher fragen.«

»Klar«, sagte Kim. »Ich fürchte nur, dass du dich vielleicht etwas umgewöhnen musst.«

»Wie meinst du das?«, fragte Marie.

Kim zog den Mini-Gugelhupf vom Stiel. Sie hielt ihn unschlüssig in der Hand. »Es gibt eben immer wieder Streitigkeiten, wenn man Geschwister hat. Du bist das nur noch nicht gewohnt, weil du 14 Jahre lang Einzelkind warst.« Kim legte den Kuchen auf dem Teller vor sich ab.

»Was ich auch liebend gern geblieben wäre«, brummelte Marie.

Kim seufzte. »Du musst dir einfach gewisse Reflexe antrainieren.« Beiläufig drängte sie Franzis Hand beiseite, die nach ihrem Kuchenstück angelte. »Du musst immer auf der Hut sein.« Mit einer einzigen geschmeidigen Bewegung klopfte Kim Franzi nochmals auf die Finger der Hand, mit der sie den Teller jetzt zu sich hergezogen hatte, schnappte sich den Kuchen und ließ ihn blitzschnell in ihrem Mund verschwinden. Sie kaute und schluckte zufrieden. »Du musst sofort reagieren, wenn dir jemand etwas wegnehmen will«, murmelte sie. »Ihn davon abhalten und – ganz wichtig – dich deutlich wehren.«

»Autsch!« Franzi krümmte sich, weil sich zeitgleich Kims Daumen in ihre Rippen bohrten.

Kim lächelte lieb. »Nicht wahr, Franzi?«

»Korrekt«, keuchte diese und hielt sich die Seiten. Sie strahlte Kim an. »Respekt! Man merkt, dass du zwei kleine und scheinbar extrem schnelle Zwillingsbrüder als Trainingspartner hast.«

Kim seufzte. »Leider richtig.«

Marie sah ihre Freundinnen ungläubig an. »Läuft das bei euch zu Hause immer so ab?«

»Nicht immer«, antwortete Kim. »Aber immer öfter. Die beiden sind echt eine Plage!«

Marie nickte mitfühlend. Dann sah sie Franzi an. »Ist es mit älteren Geschwistern denn besser?«

»Ich weiß nicht. Es ist eben anders. Ich musste mich, als ich klein war, ganz schön gegen Stefan und Chrissie behaupten. Sie waren immer schneller, stärker und schlauer als ich. Das war gar nicht lustig, sage ich euch.« Franzi zupfte an einem ihrer kurzen roten Zöpfe. »Aber zum Glück gibt sich das mit der Zeit. Mit Stefan verstehe ich mich mittlerweile super. Nur mit Chrissie ist es manchmal schwierig. Sie ist eine ganz schöne Zicke. Sie hält sich immer noch für schneller, stärker und schlauer. Aber das ist sie nicht mehr! Neulich wollte sie ihrem Freund zeigen, wie gut sie mit Pferden umgehen kann – obwohl sie seit fünf Jahren keines auch nur aus der Nähe gesehen hat. Sie hat Tinka im Hof angebunden und wollte sie striegeln. Mein schlaues

Pony hat den schlampigen Knoten vom Führstrick innerhalb von zwei Sekunden aufgezogen und sich aus dem Staub gemacht. Da war was los, sage ich euch.«

Kim sah erschrocken drein. »Ist etwas passiert?«

»Nein, nein.« Franzi lachte. »Tinka ist direkt hinter das Haus gelaufen und hat ihren Kopf durch das Fenster zu meinem Zimmer reingestreckt. Sie hat darauf gewartet, dass ich sie holen komme und sie wieder in ihren Stall bringe.«

Marie lächelte. »Bestimmt hat Chrissie beinahe einen Herzinfarkt gekriegt.«

»Allerdings!« Franzi nickte zufrieden. »Sie hat gedacht, dass Tinka auf die Straße läuft. Dann hat sie einen Heulkrampf bekommen. Ihr Freund fand die Aktion auch nicht besonders cool. Tja.«

Ein schadenfrohes Lächeln stahl sich auf Kims Lippen. »Manchmal strafen sich meine lieben kleinen Brüder auch selbst.« Sie nahm sich den vorletzten Cake-Pop von der Platte. »Ihre fast nagelneuen Rennräder liegen jedenfalls seit gestern auf dem Grund des Goldfischteichs im Schillerpark!«

»Wie ist das denn passiert?«, wollte Franzi wissen.

»Ein ›kleiner Unfall beim Schanzenspringen über natürliche Hindernisse‹, wie Lukas es nannte.« Kim zog die Kuchenkugel vom Stick und nahm einen Bissen. Sie schluckte. »Oder, wie Ben sagt: Sie haben einen ›kleinen Kunstfehler‹ beim Todessprung gemacht, den sie vom Steg aus übers Wasser ans andere Ufer vollführen wollten.«

Franzi schüttelte den Kopf. »Aber da reicht der Anlauf doch niemals aus!«

»Richtig«, sagte Kim. »Das wissen sie jetzt auch.«

Marie und Franzi prusteten los.

Kim zuckte mit den Schultern. »Ich bin froh, dass den beiden nichts Ernsthaftes passiert ist. Zum Glück können sie schwimmen – im Gegensatz zu ihren beiden Fahrrädern. Dass sie die nun los sind, finde ich richtig gut.«

»Ach, Mädels. Jungs sind so doof!« Marie warf ihr Haar nach hinten und zwinkerte. »Zumindest alle, die jünger als ungefähr sechzehn sind.«

Franzi grinste. »Da hat Holger ja Glück gehabt.« Sie spielte auf Maries sechzehnjährigen Exfreund an, den sie vor langer Zeit bei einem ihrer Fälle kennengelernt hatte. Die Beziehung war zwar in die Brüche gegangen, weil Marie damals gefunden hatte, dass sie einfach zu weit auseinander wohnten und sich deshalb nicht oft genug sehen konnten. In letzter Zeit jedoch war es wieder zu einer Annäherung gekommen: Die beiden gingen ab und zu ins Kino, machten Mountainbike-Touren oder sahen sich Musicals an. Marie genoss das Beisammensein mit dem witzigen und gut aussehenden Jungen sehr – und dass sie sich nicht so oft sehen konnten, machte ihr jetzt gar nichts mehr aus. Im Gegenteil. So blieb immer genügend Zeit für harmlose (aber spannende) Flirts mit anderen Jungen. Marie wollte schließlich nicht aus der Übung kommen …

Franzis Stimme holte sie aus ihren Gedanken: »Seid ihr denn wieder zusammen?«

Marie schüttelte den Kopf. »Nein! Holger und ich sind einfach Freunde. Richtig gute Freunde. Verstehst du?«

Franzi grinste. »Echt? Ist da wirklich nicht mehr?«

»Wenn ich es dir doch sage!« Marie schnipste einen Krümel von ihrer Jeans.

»Ich kann das sehr gut verstehen«, sagte Kim. »Bei Michi und mir ist auch alles bestens, seit wir unseren Freundschaftspakt geschlossen haben.«

»Siehst du!« Marie sah Franzi triumphierend an. Kim hatte lange gebraucht, um über die Trennung von Michi, ihrer großen Liebe, hinwegzukommen. Lange Zeit waren die beiden ein Traumpaar gewesen. Dann hatten sich ihre Interessen zu weit auseinanderentwickelt und Kim hatte sich getrennt. Marie erinnerte sich an die harten Monate, in denen sie ihre Freundin immer wieder hatte trösten müssen. Das war zum Glück jetzt vorbei.

Daran schien Franzi auch gerade zu denken. Sie sah zwischen Kim und Marie hin und her. »Ich bin wirklich froh, dass ihr beiden jetzt zufrieden seid, so wie es ist.«

Kim lächelte. Sie strubbelte sich durch die kurzen dunkelbraunen Haare. »Und ich finde es toll, dass du dich wieder mit Felipe versöhnt hast.«

Franzis Augen begannen zu leuchten. »Oh ja!« Sie strich verträumt über ein schmales geflochtenes Lederband mit einem ovalen Anhänger aus Rosenquarz an ihrem linken Handgelenk.

»Schön, dass du es wieder trägst«, sagte Marie.

Erst vor Kurzem hatte Franzi das Freundschaftsband nach einem Streit mit Felipe abgelegt. Der süße Halbmexikaner war ein ausgesprochen gefühlvoller Junge – das zeigte sich allerdings auch in vielen Eifersuchtsattacken, mit denen er sich und Franzi das Leben schwer machte. Dabei hatte Franzi doch nur Augen für ihren Freund! Vor einigen Wochen war Felipe total ausgeflippt, weil sie sich mit einem netten Jungen unterhalten hatte. Sascha war Stallbursche bei einer Company, die Pferdeshows aufführte, und hatte den drei !!! bei einem Fall geholfen. Er war genauso pferdeverliebt wie Franzi. Da war es doch ganz klar, dass die beiden sich gut verstanden hatten, fand Marie. Felipes Gefühlsausbruch dagegen erschien ihr mehr als merkwürdig. Franzi hatte das wohl auch so empfunden. Sie war dieses Mal so wütend auf Felipe gewesen, dass sie ihm das Armband zurückgegeben hatte und es nie wieder anlegen wollte. Nach einer herzzerreißenden Versöhnung trug sie es jetzt aber doch wieder.

»Ich sehe ein großes Leuchten!«, rief Franzi plötzlich.

Marie sah ihre Freundin fasziniert an. Sie hatte die Augen geschlossen und strich sanft über den Rosenquarz. »Alles ist ganz hell und bunt und strahlt. Und mittendrin steht Felipe.« Ein seliges Lächeln umspielte Franzis Lippen.

Kim verdrehte die Augen und lachte. »Du glaubst doch nicht wirklich an diesen Zauber?«

Franzi hatte erzählt, dass Felipes Großmutter die beiden Armbänder magisch besprochen hatte. Wenn Felipe und sie gleichzeitig aneinander dachten, die Edelsteine berührten und die Augen schlossen, würden sie sich gegenseitig sehen können. Kim war natürlich skeptisch, Marie jedoch fand die Vorstellung mehr als romantisch. Eben einfach: magisch!

»Es funktioniert, glaub mir«, murmelte Franzi. »Ich sehe Felipe ganz genau. Er hat die Augen geschlossen und …«

»Hoffentlich kommt das bunte Leuchten dann nicht von einem seiner Feuerwerke«, unterbrach

Kim sie. »Da sollte er besser die Augen offen halten. Unfälle hat es ja schon oft genug gegeben.«

Marie musste grinsen. Felipe experimentierte in seiner Freizeit mit Feuerwerk, um die Zaubershow seines Onkels Miguel mit Lichteffekten zu untermalen. Kims Exfreund Michi hatte ihn darauf gebracht und unterstützte ihn, sooft es seine Zeit zuließ. Allerdings gab es immer wieder Pannen mit explodierenden bengalischen Lichtern oder außer Kontrolle geratenen Sonnenrädern. Beide Jungen hatten inzwischen einige kleinere Brandnarben aufzuweisen.

Franzi öffnete die Augen und sah Kim empört an. »Du bist gemein. Jetzt ist er natürlich weg. Du hast die magische Stimmung zerstört!«

Kim schüttelte den Kopf. »Früher hast du diesen übersinnlichen Quatsch nicht geglaubt.«

»Liebeszauber ist eine Ausnahme!« Franzi machte ein trotziges Gesicht.

»Vielleicht sollte ich auch mal wieder einen ausprobieren«, sagte Marie. Sie wickelte eine Haarsträhne um ihren Finger. »Kleiner Scherz«, beeilte sie sich zu sagen, als sie die verwunderten Blicke ihrer Freundinnen bemerkte. »Ich bin vollauf zufrieden, so wie es jetzt ist. Ich will mich nicht festlegen. Das Flirten macht gerade viel zu großen Spaß. Mit Holger und …«

Die Melodie der *Vorstadtwache* ertönte. Franzi nahm ihr Handy vom Tisch. »Das ist Felipe«, sagte sie und nahm das Gespräch an. Kim und Marie lehnten sich in die weichen Sofakissen zurück. »Ja, ich bin im *Café Lomo*.« Franzi warf ihren Freundinnen einen bedeutungsvollen Blick zu. »Ich habe auch an dich gedacht! Was sagst du? Du bist gerade im Proberaum bei Mago und bereitest das Feuerwerk für die nächste Show vor?«

Kim zog eine Augenbraue hoch.

»Felipe, ich habe dich auch gesehen! Da war ein buntes Leuchten um dich herum!« Franzi nickte eifrig. »Genau, wahrscheinlich die Feuerfontänen. Wahnsinn, es funktioniert.« Sie wandte sich kurz zu ihren Freundinnen und flüsterte: »Seht ihr!« Dann sprach sie wieder in ihr Handy. »Bis Sonntag dann. Ja, ich dich auch. *Un besito*!« Franzi legte das Handy auf den Tisch zurück. »Da habt ihr den Beweis: Felipe hat mich gerade hier im *Lomo* gesehen, als er mit geschlossenen Augen den Rosenquarz berührt hat!«

Marie nickte mit offen stehendem Mund. Kim schüttelte bedächtig den Kopf. »Das funktioniert doch ganz ohne Zauber. Ihr seid verliebt, ihr denkt immer wieder aneinander. Felipe weiß doch genau, dass wir uns freitags nach der Schule meistens hier im *Lomo* treffen. Und du weißt, dass er jede freie Minute mit seinem Feuerwerk verbringt. Es ist doch logisch, dass ihr euch in eurer Fantasie genau vorstellen könnt, wo der andere gerade ist.«

»Nein.« Franzi schüttelte den Kopf. »So einfach ist das nicht. Freitags muss Felipe normalerweise seiner Mutter im Restaurant helfen. Aber ich habe ihn im Proberaum gesehen – da, wo er heute wirklich war.«

»OHA!« Maries spitzer Ausruf unterbrach Franzis Erklärung. »Schon zehn vor vier! Entschuldigt bitte, aber ich muss los.« Marie sprang auf und raffte ihre Jacke, ihr Halstuch und die Schultertasche zusammen. »Giovanni wartet!« Hektisch zerrte sie am Tuch, dessen Fransen sich am Taschenverschluss verheddert hatten. Franzi und Kim sahen sich erstaunt an.

»Ähm«, machte Kim. »Klar. Giovanni.«

Franzi legte den Kopf schief und sah zu Marie hoch. »Ein neuer Verehrer?«

Marie bekam das Fransentuch frei und warf es sich um den Hals. »Kein Kommentar!«, stellte sie grinsend fest. Sie blickte über Kim und Franzi hinweg in den Spiegel, der über dem Sofa an der Wand hing: Ihr kornblumenblaues Strickshirt über der Röhrenjeans saß wie angegossen, die Farbe betonte ihre großen blauen Augen und das weiße Fransentuch lag dekorativ über ihren Schultern. Zarte eingewobene silberne Fäden reflektierten das Licht der Wandlampen. Marie lächelte zufrieden ihr Spiegelbild an. Dann sah sie ihre Freundinnen an. »Könnt ihr euch wirklich nicht erinnern? Es ist kaum zu glauben, dass ihr Detektivinnen seid. Ich habe den Namen Giovanni doch schon oft erwähnt!«

Kim schlug sich die Hand vor die Stirn. »Jetzt fällt es mir ein.« Franzi sah immer noch verständnislos drein.

»Dein Friseur!«, rief Kim.

Marie hob eine Hand mit gestrecktem Daumen. »Genau! Mein Hairstylist Giovanni di Specchio!«

Franzi deutete ein Gähnen an. »Och, wie langweilig. Und ich dachte schon …«

Marie winkte ungeduldig ab. »Ich muss jetzt wirklich los. Ich habe gleich einen Termin bei Giovanni-Schätzchen. Mein Pony muss dringend geschnitten werden und neue Strähnchen brauche ich auch.«

»Na dann, viel Spaß.« Es war Franzi deutlich anzumerken, dass sie das Thema nicht besonders interessierte.

»Lasst uns am Wochenende telefonieren«, sagte Marie. »Wir müssen noch ausmachen, wann wir endlich unser Detektivbüro aufräumen.«

Die drei !!! hatten sich im Schuppen neben dem Haus von Franzis Familie ein professionelles Büro eingerichtet. Ihre umfangreiche Ausrüstung mit Spurensicherungs-Set, Peilsender, Richtmikrofon und vielen anderen Dingen, die sie sich im Lauf der Zeit angeschafft hatten, befand sich dort. Außerdem gab es eine gemütliche Sitzecke und eine alte Kutsche, in der sie bei heruntergezogenem Verdeck geheime Besprechungen abhalten konnten.

Franzi nickte. »Ja, das machen wir,«

»Gut. Tausend Dank noch mal fürs Zuhören vorhin!« Marie umarmte erst Kim, dann Franzi und eilte aus dem Café.

Als sie an der Stelle der großen Glasfront vorbeikam, auf deren anderer Seite die Sofaecke lag, konnte Marie sehen, dass Kim in ihr Handy sprach. Sie hatte gerötete Wangen und ihre Augen blitzten. Franzi winkte mit spitzbübischem Grinsen hinter der Glasscheibe. Sie formte mit den Lippen ein Wort.

»Michi«, las Marie. Sie schmunzelte. Nach einem Telefonat mit einem ›echt guten Kumpel‹ sah das aber nicht aus. Wenn man sie gefragt hätte, würde sie sofort sagen, dass ihre Freundin bis über beide Ohren (wieder) verliebt war.

Aber es fragte keiner. Das war Marie in diesem Moment auch ganz recht. Einfach nur schweigen war manchmal sehr schön. Besonders, wenn man wusste, dass man ansonsten jederzeit mit seinen besten Freundinnen reden und Probleme besprechen konnte. Es hatte gutgetan, von Kim und Franzi zu hören, dass sie mit ihren Geschwistern auch nicht immer klarkamen. Plötzlich kam sich Marie mit ihren Schwierigkeiten mit Lina gar nicht mehr so alleine vor. Sie bog auf den schmalen Asphaltweg ein, der durch den Schillerpark führte. Marie atmete die milde Oktoberluft ein. Es roch noch ein bisschen nach Sommer, aber auch schon etwas nach Herbst. Als sie beim Steg am Weiher vorbeikam, musste sie grinsen. Unten auf dem Grund staunten die Goldfische wahrscheinlich immer noch über zwei ziemlich neue Rennräder.

Marie sah einem Ahornblatt nach, das sich vom Ast gelöst hatte und rotgolden glänzend zur Erde kreiselte. Vielleicht sollte sie sich ein paar Strähnen im Farbton des Laubs machen lassen, dazu kastanien- und nussbraune Kontraste. Die restlichen Haare würde sie in ihrem hellen Naturblond belassen. *Eine Erinnerung an den Sommer und ein Willkommen für den Herbst.* Der Gedanke gefiel Marie. Mit jedem Schritt wuchs ihre Vorfreude auf den Besuch bei ihrem Hairstylisten. Giovanni war aber auch wirklich ein Schatz – und Meister seines Faches obendrein. Er war bekannt dafür, dass er nur reine Pflanzenfarben ohne chemische Zusätze verwendete und hervorragende Farbergebnisse erzielte. Niemals würde sie jemand anderem ihre kostbaren Haare anvertrauen!

Marie erreichte das Ende des Parks und lief ein Stück die Fußgängerzone entlang. Sie wich einigen gehetzten Passanten aus, die ihre Einkäufe für das Wochenende nach Hause trugen. Schließlich bog Marie in die kleine Stichstraße ein, in der Giovannis Salon lag. Ein moderner, weiß gestrichener Gebäudekomplex kam in Sicht. Hier war, neben einem Wellness- und Massagesalon, einer Krimi-Buchhandlung und einem Musikgeschäft der Friseurladen untergebracht. Maries Neugier wuchs. Sie hatte in einem Szenemagazin gelesen, dass Giovanni seinen Laden komplett renoviert hatte. Auf einem Foto war der auffallend edel gestaltete Empfangsbereich abgebildet gewesen. Giovanni hatte seinem Geschäft sogar einen neuen Namen gegeben. Aus

›Salon Figaro‹ war ›Spiegelsalon‹ geworden, was Marie ausgesprochen chic fand. Sie konnte es kaum erwarten, die neuen Räume endlich mit eigenen Augen zu sehen.

Mit Schwung öffnete sie die Glastür und trat ein. Sie erkannte den eleganten Tresen aus poliertem Beton und den riesigen, dreistufigen Kronleuchter vom Foto aus dem Magazin wieder. Die bunten Kristalle des Leuchters funkelten im Sonnenlicht in allen Regenbogenfarben. Sie tupften unzählige Lichtpunkte über Fußboden, Wände und die dünne Glasplatte des Tresens. Marie blieb der Mund offen stehen, so schön war der Anblick. Giovanni stand in einer Nische neben dem Durchgang zum eigentlichen Salon und telefonierte. Er schrieb in das rote Terminbuch, das auf einem Stehpult vor ihm lag. Als er fertig war und aufsah, bemerkte er Marie. Er riss die Arme hoch und rief: »Marie, wie wunderbar, meine Lieblingskundin ist wieder da! Entschuldige, ich habe dich nicht gleich gesehen.«

Marie lächelte und ging auf Giovanni zu. »Kein Problem! Ich habe das neue Raumdesign bewundert. Es ist fantastisch geworden.« Sie reichte dem hochgewachsenen dunkelhaarigen Mann die Hand und hielt ihre Wange hin.

»Es freut mich, dass dir der Empfangsbereich gefällt. Aber das Beste hast du ja noch gar nicht gesehen!« Giovanni nahm Maries Hand und zog sie sanft, aber bestimmt von der Türschwelle weg. »Eine Begrüßung auf der Schwelle bringt Unglück«, sagte er lächelnd. Er deutete auf den Boden. Maries Schuhspitzen berührten die Leiste, die den Parkettboden des Empfangsraums vom italienischen Terrazzoboden des Salons abgrenzte. Sie schüttelte den Kopf und lief zwei Schritte weiter. »Ich hatte es schon wieder vergessen. Du bist mit deinem Aberglauben ja noch schlimmer als ich!« Marie glaubte zwar, ganz im Gegensatz zu ihrer Freundin Kim, dass es mit Sicherheit mehr zwischen Himmel und Erde gab, als der Mensch mit bloßem Verstand wahrnehmen konnte. Aber Giovanni übertrieb es vielleicht doch etwas. Sie erinnerte sich daran, wie er einmal völlig aufgeregt und unkonzentriert war, weil ihm morgens eine schwarze Katze über den Weg gelaufen war. Den ganzen Tag hatte er darauf gewartet, dass sich ein Unglück ereignete. Tatsächlich fiel damals im Salon eine große Vase um und zersprang in tausend Scherben. Allerdings hatte Marie den Verdacht, dass das nur passiert war, weil der Hairstylist vor lauter Panik so unkonzentriert war, dass er mit dem Ellenbogen dagegengestoßen war.

Giovanni zuckte mit den Schultern. »So bin ich eben.« Er lachte und breitete die Arme aus. »Jetzt bin ich bereit für die Begrüßung!« Sie gaben sich ein Küsschen rechts und eines links.

Dann nahm Giovanni Maries Jacke entgegen und führte sie an der Garderobe vorbei in den Salon hinein.

»Wow«, flüsterte Marie. »Das ist ja der Wahnsinn!«

Giovanni nickte. »Ich wollte ein kleines Kunstwerk für meine Kunden erschaffen!«

»Das ist dir gelungen!« Marie ließ begeistert ihren Blick wandern. Die Wände, Decken und Säulen waren in einem zarten Hellorange gestrichen, das eine leuchtende Wärme ausstrahlte. Der neue Bodenbelag aus winzig kleinen Mosaiksteinchen in Weiß- und Blautönen setzte dazu einen kühlen Kontrast. Vereinzelt fand sich der Terrazzo auch an den Bodenleisten und den Säulen im Raum wieder. Ein hell-türkisfarbenes Meer schien durch den Raum zu schwappen. Marie fühlte sich direkt an ihren letzten Strandurlaub erinnert. Das Beste an der neuen Gestaltung war aber, dass jeder Kundenplatz völlig anders aussah. Es gab überall verschiedene Spiegel mit unterschiedlichen Sesseln davor. Unterhalb der Spiegel waren schmale Leisten angebracht, auf denen sich Bücher und kleine Gegenstände befanden. Marie sah einen majestätischen Thronsessel vor einem ovalen Spiegel, der einen reich verzierten breiten Goldrahmen hatte. Auf dem Regalbrett lag ein roter Apfel aus Stein, um den herum sieben kleine Gummizwerge gruppiert waren. »Der Spiegel der bösen Königin aus dem Märchen ›Schneewittchen und die sieben Zwerge‹«, sagte Marie sofort. »Was für eine süße Idee! ›Spieglein, Spieglein an der Wand, wer ist die Schönste im ganzen Land?‹ – Das habe ich, als ich ganz klein war, vor jedem Spiegel aufgesagt, nachdem mir mein Vater die Geschichte vorgelesen hatte.« Marie sah zur anderen Seite. Felicitas, eine Mitarbeiterin von Giovanni, schnitt gerade einem Mädchen die Haare. Es saß dabei in einem gemütlich aussehenden Ledersessel vor einem schlichten, schwarz umrahmten Spiegel. Darunter hing ein Schwarz-Weiß-Foto, auf dem eine ältere Frau abgebildet war. Sie hatte hohe Wangenknochen und eine edle gerade Nase. »Das ist Agatha Christie, die Krimi-Schriftstellerin!«, rief Marie überrascht. »Ich kenne das Foto von unserer DVD-Sammlung zu Hause. Wir haben alle Miss-Marple-Folgen gesehen … Ja klar, auch ›Mord im Spiegel‹ war dabei! Jetzt erkenne ich den Sessel. Der sieht fast so aus wie der, auf dem Miss Marple in dem Film sitzt, weil sie sich den Knöchel verstaucht hat.«

Giovanni nickte anerkennend. »Du bist ja eine echte Expertin. Bestimmt erkennst du die anderen Themen auch. Die Nischen stellen alle ein Spiegelthema aus Büchern, Filmen oder Musik dar.«

»Das ist eine geniale Idee!«, sagte Marie. Sie erwiderte den Gruß einer jungen Frau mit rotem Pagenkopf und auffallenden silbernen Kreolen: Eva, eine weitere Friseurin, die für Giovanni arbeitete. Sie steuerte gerade zusammen mit einer Kundin den Schneewittchen-Platz an.

Giovanni fasste sich an die Stirn. »Vor lauter Reden lasse ich dich hier einfach herumstehen. Wie unhöflich von mir. Such dir doch bitte einen Platz aus.«

Marie fühlte sich sofort von einem ganz bestimmten Spiegel angezogen. Sie ging darauf zu: Groß wie ein Wagenrad war er, rund, mit einem Rahmen, der mit weißen Glitzersteinen und silbernen Einhörnern verziert war. Ein wunderschöner Sessel, der mit rotem Samt bezogen war, gehörte dazu. »Das sieht toll aus«, sagte Marie, während sie Platz nahm. Vorsichtig strich sie über den weichen Stoff der Armlehnen. »Allerdings komme ich nicht darauf, welches Motiv dargestellt ist.«

»Das ist unsere *Sternenschweif*-Nische«, erklärte Giovanni. »Ich habe sie für meine kleine Nichte eingerichtet. Sie liebt die Bücher dieser Reihe, besonders die Folge ›Der steinerne Spiegel‹.«

»Ach, wie nett! Das kleine graue Pony, das nachts zu einem strahlend schönen Einhorn wird und mit seiner Besitzerin Abenteuer erlebt«, sagte Marie. »Die Geschichten habe ich als kleines Mädchen verschlungen.« Sie machte es sich in dem Sitz bequem. »Aber diese Folge kenne ich nicht.«

»Du kannst sie gerne nachlesen«, sagte Giovanni augenzwinkernd. Er deutete auf ein rosa glitzerndes Buch, das neben einem weißen Plüscheinhorn auf dem Wandbord lag.

Marie lachte. »Danke! Aber ich glaube, ich muss mich jetzt auf meinen Hairstylisten und seine Vorschläge für meinen Look konzentrieren.«

»Na, dann wollen wir mal loslegen!« Giovanni löste das Haargummi aus Maries Pferdeschwanz und fächerte ihr Haar locker auf. »Wir machen heute wieder Strähnchen, richtig?«, fragte Giovanni. »Und nur leicht die Ponyspitzen begradigen, wie immer. Oder möchtest du heute etwas Neues ausprobieren?«

Marie schüttelte den Kopf. »Bitte nur die Spitzen und etwas auf Volumen schneiden. Aber bei den Strähnchen kannst du heute gerne wieder experimentieren.«

»Perfekt. Ich hole das Farbmusterbuch und zeige dir etwas. Ich habe eine wundervolle Idee …« Giovanni verschwand pfeifend in einem kleinen Nebenraum hinter den Waschbecken.

Die nächsten Stunden vergingen wie im Flug. Giovanni färbte höchstpersönlich die Strähnen mit der Freihand-Methode in Maries Haar. Sie wusste, dass diese Technik zu den Königsdisziplinen des Friseurhandwerks zählte. Nur wenige Meister beherrschten sie so gut wie Giovanni. Er trug mehrere Farbtöne mit verschiedenen Pinseln auf, schaffte weiche Verläufe und setzte Kontraste. Während die Farbe einwirkte, bekam Marie eine entspannende Handmassage, und im Anschluss an das Auswaschen massierte Gabriella, eine weitere Mitarbeiterin von Giovanni, mit zwei kleinen Bürsten sanft ihre Kopfhaut. Marie schloss die Augen und genoss das kribbelnde Gefühl. Sie träumte von Holger.

Ein plötzlicher Aufschrei riss Marie aus ihrer schläfrigen Entspannung: »Hilfe! Wollen Sie mich umbringen?«

Marie war sofort hellwach. Adrenalin schoss durch ihre Adern, ihr Detektivinstinkt war geweckt!

Sie richtete sich mit einem Ruck auf. Gabriella ließ vor Schreck die Bürsten fallen.

»Entschuldigen Sie bitte«, war die verschreckte Stimme eines jungen Mannes zu vernehmen. Sie kam aus der ›Il Barbiere Zunft-Ecke‹, die ihr Gabriella vor dem Haarewaschen noch kurz gezeigt hatte. An dem Platz hing ein Spiegel, dessen aufwendig gearbeiteter Holzrahmen die Symbole des Friseurhandwerks – Scheren, Haarlocken und kleine runde Wasserbecken – trug.

»Es tut mir sehr leid, dass ich Ihnen ins Ohr geschnitten habe«, war zu hören. »Ich hole sofort ein Pflaster.«

Marie entspannte sich. Der Kunde in der Zunftecke hatte vorhin mit seinem Handy telefoniert und war dabei sehr unruhig gewesen. Dauernd war er in seinem Sessel auf und ab gerutscht. Und ausgerechnet Louis, der neue Lehrling, musste ihm dabei die Haare schneiden. Marie hatte sich sofort gedacht, dass es als Anfänger bestimmt nicht leicht war, so einen Zappelphilipp zu bedienen. Der Mann war doch selbst schuld, wenn er verletzt wurde. Als Louis an ihr vorbeikam, lächelte Marie ihm aufmunternd zu. Er grinste schief, zuckte mit den Schultern und verschwand in dem Nebenraum. Kurze Zeit später kam er wieder mit einem Pflaster in der Hand heraus. Marie stellte fest, dass er sehr nett aussah. Seine dunkelbraunen Augen leuchteten freundlich und die schwarzen Ponyfransen, die ihm darüberfielen, verliehen ihm einen vorwitzigen Ausdruck.

»Kopf hoch, Louis. Wir alle haben schon mal so ein ›Attentat‹ verübt. Da muss man durch«, flüsterte ihm Eva zu, während sie ein Handtuch um Maries Kopf zum Turban schlang. Aus der Zunftecke war jetzt nichts mehr zu hören.

Marie und Giovanni hingegen unterhielten sich blendend. Sie tauschten Tratsch und Klatsch aus und sprachen über die neue Theatersaison und die letzte Ballett-Gala. Der Stylist zauberte währenddessen konzentriert mit seiner Schere. Besonders erfreut war Marie darüber, dass Giovanni den neuesten Zeitungsbericht über ihren Detektivclub gelesen hatte. Sie erzählte ihm ausführlich von ihrem kürzlich gelösten Fall bei der Pferdeshow. Giovanni war sichtlich beeindruckt. »Es ist unglaublich, was ihr Mädchen draufhabt. Ihr seid ja echte Detektivprofis!«

Marie nickte stolz. »Und ob! Mit Büro, Ausrüstung und jeder Menge Erfahrung! Warte mal einen Moment –« Marie kramte aus ihrer Handtasche ein kleines silbernes Kästchen hervor. »Hier, das ist unsere Visitenkarte!«

Giovanni legte Schere und Kamm beiseite und nahm die Karte. Er las:

Er pfiff leise durch die Zähne. »Es ist mir eine Ehre«, sagte er und ließ die Karte in seine

Hemdtasche gleiten. Er griff wieder zur Schere. »Ich kann übrigens gerne Material von euch hier im Laden auslegen. Ihr habt bestimmt auch Flyer oder Postkarten.«

Marie verneinte. »Daran haben wir bisher noch gar nicht gedacht. Aber danke für den Tipp, ich werde mal mit Franzi und Kim darüber reden!« Sie nippte zufrieden an dem eiskalten Smoothie, den Eva ihr vorhin gebracht hatte. Er schmeckte köstlich nach exotischen Früchten. Alles war einfach perfekt.

Schließlich erfuhr Marie auch, warum Giovanni seinen Laden neu gestylt hatte: Sein alter Partner Pietro Paranello hatte sich im Streit von ihm getrennt und einen eigenen Salon im nahe gelegenen Einkaufszentrum eröffnet. Giovanni zog die Stirn in Falten. »Das war ein Schlag ins Gesicht, kann ich dir sagen.« Er setzte ein paar Schnitte mit der Effilierschere und dünnte Maries Pony leicht aus. »Zum Glück habe ich sehr schnell einen neuen Partner gefunden! Marco und ich kennen uns noch aus der Berufsschule. Wir haben uns bei einem Seminar zufällig wieder getroffen. Und zack – alles hat gepasst.«

Wie auf Kommando betrat in diesem Moment ein zierlicher, durchtrainierter, etwa vierzigjähriger Mann in schwarzer Cargohose und kariertem Hemd den Raum. Fröhlich schlenderte er auf Giovanni zu und legte ihm vertraut die Hand auf die Schulter. »Die Unterlagen sind beim Steuerberater.«

»Hallo, Marco!« Giovanni strahlte über das ganze Gesicht. »Marie, darf ich dir meinen Retter vorstellen: Das ist der wunderbare Marco Leinsbach.«

»Ach, übertreib doch nicht«, sagte der Mann. Dabei zeigten sich zwei süße Lachgrübchen in seinem Gesicht.

Giovanni überging seinen Protest einfach und stellte ihm Marie vor. »Und das ist Marie Grevenbroich, eine meiner liebsten Kundinnen.«

Marco gab ihr einen angenehm festen Händedruck. »Hallo! Schön, dich kennenzulernen. Gianni hat schon viel von dir erzählt. Ich bin übrigens ein großer Fan der TV-Serie von deinem Vater!«

Marie erwiderte den Händedruck. »Das ist schön!«

»Es war Marco, der vorgeschlagen hat, den Laden rundum zu erneuern, um konkurrenzfähig zu bleiben«, sagte Giovanni. »Er hatte auch die Idee mit den verschiedenen Spiegeln.« Marco nickte. »Ich glaube, die Sache funktioniert richtig gut. Das ist ein echter Kundenmagnet. Habe ich dir erzählt, dass letzte Woche jemand in den Laden kam, der im Vorbeigehen zufällig die Spiegel gesehen hat? Er wollte uns einen für seine Freundin abkaufen. Ich habe ihm gesagt, dass wir leider kein Antiquitätenladen sind, er aber gerne einen neuen Haarschnitt haben kann.« Marco fuhr sich über die wasserstoffblonden Haarstoppeln und lächelte verschmitzt. »Er hat sich tatsächlich einen Termin geben lassen. Toll, oder?«

»Das ist fantastisch! Es ist sowieso unglaublich, wie sehr das Geschäft angezogen hat, seitdem wir renoviert haben«, sagte Giovanni. Er berührte eine der Haarscheren in dem Holster-Täschchen, das er um seine Hüften trug. »›*Tocca ferro!*‹, wie wir Italiener sagen. Oder auf Deutsch: Da muss man auf Holz klopfen!«

Marco schüttelte lächelnd den Kopf. »Mein guter Gianni: Wir brauchen kein Metall, Holz oder sonstigen Zauber. Wir müssen einfach nur das erfolgreiche Geschäftskonzept weiter ausbauen.«

»Und unsere Kunden nicht vernachlässigen«, rief Giovanni aus. »Marie, verzeih, ich mache sofort weiter!«

Marie winkte ab. »Mach dir doch keinen Stress!«

Marco entschuldigte sich ebenfalls. »Ich will nicht weiter beim Finish stören.« Mit einem fachmännischen Blick studierte er Maries Haar. »Die Strähnen sind perfekt gesetzt, Gianni. Fantastische Low- und Highlights. Freihand-Painting?«

Giovanni deutete eine Verbeugung an und

legte eine Hand auf das Herz. »*Sì*, selbstverständlich. Für Marie nur das Allerbeste!«

Marie musste lachen.

Der Stylist begradigte noch ihren Pony, dann trocknete er die Haare mit dem Föhn leicht vor. Anschließend verteilte er Glanzschaum und zog Strähne für Strähne durch das Glätteisen. Marie beobachtete fasziniert, wie ihre Haare einen unglaublichen Glanz bekamen und die neuen Farben zu schillern begannen. Dann wurde sie von einem kleinen, etwa vierjährigen, rothaarigen Jungen abgelenkt. Er hatte vor einigen Minuten mit seiner Mutter neben Marie Platz genommen. Plötzlich bleckte er die Zähne, riss die Augen auf und formte seine Hände zu gruseligen Krallenhänden. Er sah aus wie ein kleiner Vampir, der hungrig auf sein nächstes Opfer wartete. Erst jetzt fiel Marie auf, dass an seinem Platz gar kein Spiegel angebracht war. In dem verschnörkelten Bronzerahmen an der Wand befand sich nur eine hellgrau angemalte Fläche. Zwei blutrote Kerzen brannten auf dem Bord, das mit einem schwarzen Tuch ausgeschlagen war. Felicitas kam und lachte. »Hallo, Boris. Willkommen in unsere Vampir-Ecke.« Sie tat so, als schaue sie angestrengt in den Spiegel. »Ja«, sagte sie ernst. »Da ist kein Spiegelbild zu sehen. Ich habe es tatsächlich mit einem echten Vampir zu tun!«

Boris nickte wild und fauchte. Seine Mutter fasste ihn am Arm. »Aber jetzt halt mal still. Auch Vampire brauchen nämlich eine ordentliche Frisur. Okay?«

Boris verstummte tatsächlich und ließ sich anstandslos die Haare schneiden. Dabei untersuchte er aufmerksam die beiden Gummifledermäuse, die Felicitas ihm überreicht hatte. »Das war auch eine Idee von Marco«, flüsterte Giovanni Marie ins Ohr. »Kinder lieben diesen Platz. Aber es gibt auch Erwachsene, die während des Haareschneidens nicht ständig in einen Spiegel sehen möchten. Für sie ist diese Location ideal. Wir lassen die Kerzen und die Fledermäuse dann natürlich weg.«

»Ihr habt wirklich an alles gedacht«, sagte Marie beeindruckt. »Es ist Marco, der an alles denkt«, betonte Giovanni. Er zeigte ein glückliches Lächeln. »Ohne ihn wäre ich aufgeschmissen!« Der Stylist verteilte ein haselnussgroßes Stück Haarwachs in seinen Händen und fuhr damit leicht durch Maries Haar. Anschließend zupfte er einige Strähnen zurecht. Dann trat er einen Schritt zurück. »Wunderbar!«, stellte er zufrieden fest. Marie war ebenfalls restlos begeistert. Giovanni hatte sich wieder einmal selbst übertroffen. Ihr Haar fiel dicht und schimmernd wie ein goldener Seidenvorhang auf ihre Schultern herab. Maries Augen funkelten vor

Freude mit den Glitzersteinen im Spiegelrahmen um die Wette. »Danke, Giovanni, du bist ein Schatz!«

Als sie zehn Minuten später die Stufen vor dem Salon hinabstieg, pochte ihr Herz glücklich in ihrer Brust. Sie fühlte sich erholt und ausgeglichen wie schon lange nicht mehr. Und sie wusste genau: Heute Abend würde nichts und niemand mehr ihre gute Laune trüben können. Selbst Lina nicht!

Stylist in Gefahr

Detektivtagebuch von Kim Jülich
Sonntag, 9:00 Uhr

Ich habe vorhin die letzten Details zu unserem Fall bei der Pferdeshow nachgetragen, den wir vor zwei Wochen gelöst haben. Normalerweise bin ich viel schneller im Zusammenfassen der Fälle für das Archiv. Aber dieses Mal habe ich mich vor den Erinnerungen an die Abläufe irgendwie gedrückt. Das war ein heftiges Abenteuer, das mir noch ziemlich in den Knochen steckt. Jetzt brauche ich erst mal eine kleine Pause von der Ermittlungsarbeit. Daher bin ich echt froh, dass gerade kein neuer Fall ansteht. Wir haben auch so schon genügend zu tun. Z. B. haben Marie, Franzi und ich gestern telefoniert und uns für nächsten Mittwochnachmittag zum Aufräumen unseres Detektivbüros im Schuppen verabredet. Das ist schließlich auch eine Art Detektivarbeit. ☺

Geheimes Tagebuch von Kim Jülich
Sonntag, 9:30 Uhr

Kurz und schmerzlos gesagt: Unbefugte Leser werden von mir lang und schmerzvoll bestraft.

Also, Finger weg, Ben, Lukas und alle anderen, die nicht Kim Jülich heißen!!!
Gleich nach dem Mittagessen treffe ich Franzi an der Bushaltestelle und wir fahren zu Felipe und Michi in den Freizeitpark. Sie werden uns die neuesten Acts ihrer Feuershow für Mago zeigen. Es war total nett von Michi, am Freitag anzurufen und mir Bescheid zu geben. Ich bin so gespannt! Es ist echt toll, dass wir diesen Freundschaftspakt geschlossen haben. Jetzt habe ich den allerbesten Kumpel den man sich nur wünschen kann. Ohne das ganze Herz-Schmerz-Gedöns. Ich bin richtig glücklich!
Wenn es nur nicht so lange bis heute Nachmittag hin wäre. Ich könnte mal in den Garten gehen und nachsehen, was aus dem eingeritzten Schriftzug an der Buche geworden ist. Es ist total spannend: Als ich die frischen Kerben von dem »I love Kim« vor zwei Wochen entdeckt habe, sind sie ganz hell gewesen. Jetzt werden sie scheinbar immer dunkler. Es würde mich interessieren, ob sie ganz schwarz werden oder nur dunkelgrau, oder vielleicht auch grün, weil sich das Moos darin absetzt
Außerdem wüsste ich doch sehr gerne, WER das war. Alte Detektivangewohnheit eben.
Aber jetzt werde ich endlich mal eine kleine Schreibübung machen, ich kümmere mich viel zu selten um meine Krimi-Kurzgeschichten. Das muss anders werden.

Mission Flammendes Inferno
Die brennende Lagerhalle bot einen fürchterlichen Anblick. Überall lagen Trümmer der durch die Explosion zu Bruch gegangenen Regale. Officer Kimberley hechtete über einen Haufen verbogenen Stahls. Die Gangster hatten ihren Kollegen und besten Kumpel, Officer Mike, in eine Falle gelockt! Jetzt lag er eingeklemmt zwischen der Wand und einem umgekippten Regal am Boden. Er hob einen Arm. Ein Wunder, er lebte! Kimberly nahm Mikes Hand. »Ich bin da, Mike. Ich werde dich retten!« Der Officer sah sie dankbar an und lächelte ein schmerzverzerrtes Lächeln.
Fortsetzung folgt.

»LINA!« Marie bohrte ihre langen spitzen Fingernägel in die Hand ihrer Stiefschwester. Lina war wie aus dem Nichts neben ihr am Büffet aufgetaucht und hatte sich grinsend das letzte Stück Räucherlachs geschnappt, das Marie gerade von der Platte nehmen wollte. Jetzt wimmerte Lina: »Du tust mir weh.« Der Teller mit dem Fisch und anderen leckeren Sachen geriet in gefährliche Schräglage.

»Selbst schuld«, zischte Marie und verstärkte ihren Griff. Der Lachs plumpste in die Schüssel mit dem Auberginenauflauf. Der Teller zerschellte laut scheppernd auf dem Marmorboden. Weintrauben kullerten durch verkleckerte

Senfsoße. Marie dachte an Kims geschicktes Abwehrmanöver im *Café Lomo*. Sie hatte wohl noch einiges zu lernen. Marie seufzte. Die Entspannung nach dem Friseurbesuch hatte genau einen Abend und einen Tag angehalten. Jetzt war sie restlos aufgebraucht.

Sie ließ Linas Hand los. Vier rot unterlaufene, halbmondförmige Vertiefungen waren auf der Haut zu sehen. Lina schluchzte auf.

Tessa eilte herbei. »Alles klar bei euch?«, wollte sie wissen. Ihre Stimme hatte einen schrillen Unterton. Jetzt gesellte sich auch noch Maries Vater dazu. Helmut Grevenbroich zog eine Augenbraue hoch. »Was ist denn hier los?«, fragte er. Marie zuckte schuldbewusst mit den Schultern. Es war Sonntagvormittag und Tessa Beckmann und Helmut Grevenbroich hatten Freunde und Kollegen vom letzten Set zum gemütlichen Brunch im Wintergarten eingeladen. Es war ihr erstes gemeinsames Fest, seit sie in die Villa gezogen waren. Sie hatten sich schon wochenlang darauf gefreut, dass ihre Freundinnen und Freunde sich endlich einmal kennenlernen würden. Marie tat es plötzlich leid, dass sie sich hier so aufführte. Andererseits hatte Lina angefangen …

Die ersten Gäste sahen schon zu ihnen herüber.

»Bitte räumt das auf«, sagte Helmut Grevenbroich ruhig. »Alles andere besprechen wir heute Abend. Ich würde jetzt gerne einfach diesen schönen Sonntag genießen und mich mit unseren Gästen unterhalten, ohne dass es eine Schlacht am Büffet gibt. In Ordnung?«

Marie schluckte und nickte. Lina sah ihn mit großen unschuldigen Augen an. »Aber …«, setzte sie an. Tessa unterbrach sie. »Lina, lass es. Ich habe euch gesehen. Ihr putzt das jetzt bitte sofort weg.«

Helmut legte seinen Arm um Tessas Schulter. »Komm, Liebes, Tom wollte uns doch seine neue Lebensgefährtin vorstellen.«

Marie sah ihrem Vater nach. Ihr Herz zog sich schmerzhaft zusammen. Im Gehen drehte er sich noch einmal um und sah Marie direkt in die Augen. Er lächelte ihr ermutigend zu. Marie straffte die Schultern. »Na dann«, sagte sie zu Lina. »Holen wir Schaufel und Besen.«

Ihre Stiefschwester strich sich die rotblonden Haare aus dem rundlichen Gesicht. »Es bleibt uns wohl nichts anderes übrig.«

Sie machten sich auf den Weg zur Abstellkammer. Als Marie eine Viertelstunde später die Porzellanscherben in den Mülleimer fallen ließ, klingelte ihr Handy. Sie ließ den Eimerdeckel zuschnappen und legte die Kehrschaufel zur Seite. Ein Lächeln huschte über ihr Gesicht. Bestimmt war das Holger! Sie zog ihr Handy aus der Hosentasche und machte, dass sie aus der Küche herauskam. Lina, die gerade den Wischlappen ausspülte, rief ihr hinterher: »Aber das Putzzeug bringst du nachher weg!«

Marie streckte ihr die Zunge heraus.

Dann sah sie auf das Display. Überrascht stellte sie fest, dass es Giovannis Nummer zeigte. Marie blieb auf der Treppe stehen. Verwundert nahm sie das Gespräch an.

»Wie gut, dass ich dich erreiche!«, drang Giovannis aufgeregte Stimme aus dem Hörer. »Marie, es ist etwas passiert! Etwas Fürchterliches!«

Marie schluckte. Sie hatte den Stylisten noch nie so panisch erlebt. »Was ist los, Giovanni?«, fragte sie.

»Es ist so schrecklich!« Der Friseur atmete schwer. Im Hintergrund war zu hören, dass Marco auf ihn einsprach. Sekunden des Schweigens verstrichen. Marie wurde immer nervöser. Was war da los? War der Stylist in Gefahr? »Giovanni, bitte beruhige dich doch erst einmal. Und dann erzähl mir, was geschehen ist.« Während der Friseur ein paar Mal tief durchatmete, lief Marie in ihr Zimmer, schloss die Tür und setzte sich an ihren Schreibtisch.

Giovanni begann wieder zu sprechen: »Im Salon ist letzte Nacht eingebrochen worden. Ich bin heute Morgen dort gewesen, weil ich ein paar Rechnungen für den Steuerberater zusammensuchen musste. Da habe ich es gesehen.« Er machte erneut eine Pause. Dann setzte er fort:

»Alles wurde verwüstet. Grauenhaft. Die Spiegel wurden gestohlen! Und ein Spiegel ...« Giovanni stockte wieder. Er konnte offensichtlich nur mit Mühe die Tränen unterdrücken. »Ein Spiegel wurde vollkommen zerstört. Es ist eine Katastrophe«, flüsterte er.

Marie zuckte zusammen. »Sieben Jahre Unglück«, sagte sie leise.

»Ich wusste, dass du verstehst«, antwortete Giovanni. »Aber das ist nicht alles, Marie, ich habe einen furchtbaren Verdacht! Und die Polizei glaubt mir nicht. Kannst du bitte hierher in den Salon kommen? Du bist doch eine erfahrene Detektivin.«

Marie zögerte keine Sekunde. »Natürlich komme ich. Das heißt: wir. Ich sage sofort meinen Kolleginnen Bescheid. Wir sind spätestens in einer Stunde bei dir.«

Giovanni atmete erleichtert auf. »Tausend Dank.«

Marie verabschiedete sich und rief Kims Handynummer auf. Ihre Freundin meldete sich sofort. Gut gelaunt schallte es an Maries Ohr: »Hi, was gibt's? Lange nichts mehr voneinander gehört!« Kim kicherte. »Ich stehe gerade mit Franzi an der Haltestelle, unser Bus kommt in drei Minuten. Und dann besuchen wir die Jungs im Freizeitpark. Mensch, bin ich gespannt auf die Feuerfontänen zu Musik. Sie haben wohl wirklich meinen Lieblingssong *Emotions* von den *Boyzzzz* ausgewählt.«

Marie nutzte die kurze Atempause, die ihre Freundin machen musste. »Kim. Bitte! Stopp!«, rief sie. »Ihr dürft jetzt nicht wegfahren!«

»Wie bitte?«, fragte Kim verdattert. »Wieso?«

»Es tut mir leid. Ich weiß, wie sehr du dich auf dieses Treffen gefreut hast. Aber es gab einen Notruf. Wir werden hier sofort gebraucht. Wir haben einen neuen Fall!«

»Oh«, machte Kim.

Marie sprang zu ihrem Wandschrank, in dem sie einen Detektivnotkoffer versteckt hatte. Sie zerrte ihn hervor und öffnete ihn mit der freien Hand. Sie schnappte sich ein Fingerabdruckset, eine Taschenlampe und weitere Utensilien, die sie vielleicht vor Ort brauchen würden.

Aus dem Handy kam währenddessen nur Schweigen.

»Kim?«, fragte Marie. »Bist du noch dran?«

»Ja«, antwortete Kim. »Ich habe nur kurz mit Franzi gesprochen. Was ist passiert?«

Marie brachte ihre Freundin mit wenigen Worten auf den neuesten Stand.

»So ist das also.« Kim seufzte. »Wenn die Polizei schon da war, dann hat sie doch den Fall übernommen. Außerdem sind bestimmt alle Spuren bereits gesichert. Warum müssen wir denn so schnell zum Tatort?«

Marie sog scharf die Luft ein. Was war heute bloß mit ihrer Freundin los? Wo war ihre Begeisterung für die Detektivarbeit geblieben?! »Kim Jülich! Giovanni klang völlig verzweifelt. Ich weiß auch nichts Genaues. Er hat jedoch angedeutet, dass er einen Verdacht hat, aber die Polizei ihm nicht glaubt. Er braucht uns!« Marie warf das Detektivmaterial in ihren Matchbeutel und zog ihn mit einem energischen Ruck zu. »Und zwar jetzt gleich!«

»Schon gut«, antwortete Kim lahm. »Dann sagen Franzi und ich unser Date ab. Wo sollen wir hinkommen?«

Marie nickte. Sie versuchte einen versöhnlichen Ton anzuschlagen: »Es tut mir leid, dass das Treffen mit Michi für dich heute ins Wasser fällt. Aber die beiden Jungs proben doch so oft. Es gibt bestimmt bald wieder eine Gelegenheit, zuzusehen.«

»Ja, du hast ja recht.« Kim klang tatsächlich etwas freundlicher. »Also, wo ist Giovannis Laden denn?«

»In dem Gebäude, in dem sich auch die Krimi-Buchhandlung befindet.«

Kim lachte. »Das ist mir ja noch nie aufgefallen, dabei bin ich so oft in dem Buchladen. Alles klar. Franzi und ich sind in zwanzig Minuten da.«

Marie musste grinsen. »Super! Bis gleich.«

Dämonen im Spiegel

Marie erreichte das Gebäude am Ende der Stichstraße kurz nach ihren beiden Freundinnen. Sie sprang vom Rad und musste erst ein paarmal tief Luft holen. Sie hatte ziemlich schnell in die Pedale getreten, um die Strecke vom Ostviertel bis hierher in Rekordtempo zu schaffen. Kim und Franzi hatten es von der Bushaltestelle aus nicht sehr weit gehabt.

»Puh, geschafft.« Marie schloss das Rad an einer Laterne an. »Danke, dass ihr gekommen seid.«

Franzi winkte ab. »Das ist doch selbstverständlich. Der Detektivclub geht vor. Das war schon immer so und wird auch immer so bleiben!«

Kim nickte tapfer. »Richtig. Die Jungs haben es natürlich auch gleich verstanden.« Ganz überzeugt wirkte sie jedoch nicht.

»Dann sprechen wir jetzt mit dem Einbruchsopfer und sehen uns den Tatort genau an«, sagte Marie.

Sie liefen die Stufen zum Eingang des Salons hoch.

»Merkwürdig«, stellte Franzi fest. »Hier sind

gar keine Einbruchsspuren zu sehen, das Schloss ist noch ganz.« Sie rüttelte an der Tür. »Abgeschlossen!«

Marie drängte nach vorne. Sie suchte nach einem Klingelknopf. Aber es gab keinen. Dann versuchte sie, durch die Milchglasscheibe zu sehen, was ihr natürlich nicht gelang. »Was ist denn da los? Giovanni muss doch da sein.«

»Warte mal.« Kim befühlte die Glasscheibe, nickte und kramte dann in ihrem Rucksack. Sie zog ihren abgegriffenen Taschenkalender hervor. Marie sah sie erstaunt an. »Was willst du denn damit?«

»Etwas ausprobieren.« Kim löste ein Stück der durchsichtigen Klebefolie ab, mit der sie den Plastikumschlag des Kalenders geflickt hatte. Sie drückte den Streifen auf die Glastür. Marie und Franzi sahen sich kopfschüttelnd an. Dann rissen sie vor Staunen die Augen auf: Wie durch Zauberhand war die von der Folie bedeckte Fläche durchsichtig geworden!

Kim beugte sich vor und linste durch das Feld. »Ein uralter Trick, der in jedem Detektivhandbuch steht«, murmelte sie. Marie schlug ihrer Freundin auf die Schulter. »Das ist der pure Wahnsinn!«

»Nein. Pure Physik«, antwortete Kim gelassen. »Das Klebeband glättet die Unebenheiten auf der Glasoberfläche, sodass das Licht wieder ungebrochen durchscheinen kann. Es funktioniert aber nur, wenn man das Band auf die raue Seite aufklebt.«

»Was du alles weißt«, stellte Franzi begeistert fest. Sie tippelte nervös auf der Stelle. »Aber nun sag schon, was siehst du?«

»An der Garderobe hängen zwei Jacken. Mehr sehe ich nicht. Der Salon scheint ja erst nach dem Durchgang zu beginnen. Ich glaube, hinten ist das Licht an.«

»Das ist unheimlich«, flüsterte Marie.

»Da kommt jemand«, rief Kim plötzlich und richtete sich ruckartig auf.

Sie hielten den Atem an.

Zwei Schatten erschienen hinter dem Glas. Jemand rief: »Wer ist da? Was machen Sie da?«

Marie atmete erleichtert aus. »Giovanni! Wir sind es. Kim, Franzi und Marie – *Die drei !!!*.«

Die Tür wurde hastig aufgeschlossen. Marco erschien. Hinter ihm stand Giovanni und schüttelte den Kopf. »Habt ihr uns einen Schrecken eingejagt! Was macht ihr denn da?«

»Wir, ich, es … es gibt keine Klingel«, stotterte Marie.

»Oh, das hatte ich ganz vergessen«, rief Giovanni. »Aber ich wollte zur Sicherheit die Vordertür abgeschlossen halten. Warum hast du denn nicht mit dem Handy angerufen und gesagt, dass ihr jetzt da seid?«

Die drei !!! sahen sich an. Marie wurde rot. »Da habe ich irgendwie nicht dran gedacht.«

»Ist ja auch egal«, stellte Marco fest. »Jetzt seid ihr da – ich bin sehr froh, dass ihr so schnell kommen konntet. Giovanni will sich überhaupt nicht mehr beruhigen.«

Marie stellte ihre Freundinnen vor und Franzi und Kim gaben Giovanni und Marco die Hand.

Die drei Detektivinnen traten ein. Giovanni schloss hinter ihnen gleich wieder ab.

»Wurde die Tür denn gar nicht aufgebrochen?«, wollte Kim wissen.

»Nein. Aber es gibt noch eine Hintertür, die zum Innenhof führt. Auch dort ist das Schloss nicht kaputt, aber die Polizei meint, dass es jemand mit einem Dietrich oder Nachschlüssel ganz leicht öffnen konnte.« Giovanni sah mitgenommen aus. Dunkle Schatten lagen um seine Augen und auf der Stirn hatte er eine große Sorgenfalte. »Es ist alles sehr seltsam.«

Die beiden Stylisten führten die Mädchen am Empfangstresen vorbei. Der Kristallleuchter klirrte leise. Franzi sah bewundernd zu ihm hoch. »Der ist aber schön. Wie aus einem Märchen aus *Tausendundeine Nacht*!«

Giovanni nickte traurig. »Danke dir. Ja, genau das sollte der Salon sein: So schön wie ein Märchen, so schön wie ein Traum.«

Als sie an den Durchgang zum Salon kamen,

ließen Giovanni und Marco den drei !!! den Vortritt. Giovanni seufzte und lehnte sich an Marco. »Jetzt ist es ein Albtraum!«

Marie schlug die Hand vor den Mund. Stumm deutete sie auf den Boden vor den Waschplätzen. Mit zittriger Stimme flüsterte sie: »Ist das etwa – Blut?«

Kim und Franzi reckten die Hälse. Entsetzt betrachteten sie die großen dunkelroten Flecken, die auf dem Terrazzo-Mosaik angetrocknet waren.

Giovanni schüttelte den Kopf. »Nein. Gott bewahre. Das ist Haarfarbe.«

Die drei !!! entspannten sich.

»Das Regal mit den Färbemitteln wurde umgerissen und etliches ist zu Bruch gegangen«, erklärte Giovanni. »Auch einige Flaschen mit Farbe und Fixierer. Die Mittel haben auf dem Boden reagiert und sind eingedrungen.«

Marco runzelte die Stirn. »Wir haben vorhin versucht, das wegzuputzen, aber da ist nichts mehr zu machen. Das Material muss an den Stellen abgetragen und neu gelegt werden. Das wird teuer. Ganz abgesehen davon, dass wir während der Bauarbeiten für ein paar Tage das Geschäft schließen müssen und Umsatz verlieren. Ich hoffe, die Versicherung zahlt das alles.«

Kim schluckte. »Schaden bei Vandalismus nach einem Einbruch ist eigentlich immer in der Versicherung enthalten.« Sie ließ ihren Blick wandern. »Und das hier ist Vandalismus!«

Der Salon sah wirklich schlimm aus. Marie standen die Tränen in den Augen: Der schöne Sternenschweif-Spiegel war verschwunden, etliche weitere Spiegel fehlten. Einige Borde waren von der Wand gerissen und die Deko-Objekte überall verstreut worden. Vorsichtig stieg Marie über einen Gummizwerg, der traurig auf dem Boden lag. Dann stockte ihr Herz ein zweites Mal: Sie sah den zerbrochenen Spiegel, von dem Giovanni schon am Telefon gesprochen hatte. Links neben der Tür zu dem kleinen Nebenraum lag ein Meer aus glitzernden Splittern. Marie schnappte nach Luft. Giovanni nickte und ließ sich mit einem verzweifelten Stöhnen in den Agatha-Christie-Sessel fallen. »Warum tut man mir das an?«, murmelte er. »Sieben Jahre Unglück!«

Marco strich Giovanni über den Arm. »Du machst mich mit deinem Aberglauben noch wahnsinnig. Das ist doch völlig an den Haaren herbeigezogen.«

Marie schnaubte. »Das würde ich so nicht sagen. Es gibt durchaus Beispiele dafür, dass ein zerbrochener Spiegel Unglück brachte. Ich kenne einen Mann …«

»Ich glaube nicht«, unterbrach Kim sie, »dass es etwas bringt, sich da hineinzusteigern.« Sie warf Marie einen durchdringenden Blick zu. »Es gibt eine logische Erklärung für diesen Aberglauben: Im Mittelalter wurde Quecksilber zur Herstellung von Spiegeln verwendet. Wenn so ein Spiegel kaputtgegangen ist, wurden giftige Dämpfe freigesetzt. Davon wurden die Leute schwer krank. Man hat lange nicht gewusst, dass das giftige Quecksilber daran schuld war. Und deshalb hat man sich das mit einem bösen Zauber erklärt.«

»Danke, Kim!« Marco strahlte. »Siehst du, Giovanni, es gibt für alles eine naturwissenschaftliche Erklärung.«

Giovanni schüttelte den Kopf. »Aber ich glaube nun mal an das Übersinnliche.«

»Ich habe übrigens mal gelesen, dass man das drohende Pech abwenden kann, wenn man die Spiegelscherben schwarz einfärbt«, warf Marie ein. »Wir können das nachher machen.«

Kim und Marco starrten Marie mit offenem Mund an.

»Oder wenn man sie in fließendes Wasser eintaucht«, meldete sich Franzi.

Kim und Marco rissen ihre Köpfe herum und sahen Franzi an.

»Also, das hat mir Felipes Oma mal erzählt, ich meine ja nur.« Franzi zog den Kopf ein.

»Am besten, ihr besprecht das nachher – zu dritt – okay?«, sagte Kim sichtlich entnervt.

Giovanni und Marie nickten heftig. Franzi lächelte unsicher. Kim reckte das Kinn. »Um endlich voranzukommen, sollten wir jetzt die Fakten zusammentragen.«

»Das finde ich gut«, stimmte ihr Marco zu. »Ich mache uns einen schönen Tee aus frischer Pfefferminze und dann gehen wir in Ruhe alles durch.«

Die drei !!! schoben Sessel und Stühle zu Giovanni heran. Marco verschwand in dem kleinen Nebenraum. Leises Klirren und Klappern war zu hören.

Kim richtete sich in ihrem Sessel auf. »Wie ich sehe, hat die Polizei bereits Spuren gesichert.« Sie deutete auf die dunklen Grafitflecken, die an Gegenständen und der Einrichtung hafteten.

»Die Polizei«, rief Giovanni empört. »Erinnere mich bitte nicht daran. Ein *Kommissar Peters* kam hier mit zwei Kollegen an. Sie waren schnell, das muss ich sagen. Keine zehn Minuten hat es nach meinem Anruf gedauert, bis das Polizeiauto vor der Tür stand. Aber dieser Kommissar ist eine völlig unsensible Person. Wirklich ganz unmöglich!«

Die drei !!! sahen sich verblüfft an. Kommissar Peters war ein guter Bekannter von ihnen, mit dem sie schon in einigen Fällen zusammengearbeitet hatten. Eigentlich kamen sie mit ihm immer gut zurecht. Früher war er etwas anstrengend gewesen, weil er sie ständig davor gewarnt hatte, sich nicht in Gefahr zu bringen. Aber damit konnten sie mittlerweile gut umgehen: Sie hörten einfach nicht mehr hin.

Dass Peters unsensibel sein sollte, verwunderte Marie allerdings sehr. »Wie meinst du das?«, fragte sie Giovanni.

Er schnaubte. »Als klar war, dass kein Geld gestohlen wurde und keine wertvollen Sachen, sondern ›nur‹ die paar alten Spiegel, hat er gesagt, dass ich doch Glück gehabt hätte. Den Sachschaden würde ja die Versicherung bezahlen.« Giovannis Wangen röteten sich. »Es geht doch hier um viel mehr!« Marco kam mit einem Tablett, das mit einer Teekanne, fünf Bechern und einer Schale mit Keksen beladen war. Er schenkte ein und verteilte die Tassen. Ein angenehmer Minzeduft erfüllte den Raum.

Giovanni pustete in seine Tasse. »Abgesehen von dem schlimmen Omen des zerbrochenen Spiegels, gibt es da nämlich noch etwas anderes«, murmelte er. »Aber dieser Kommissar hat überhaupt nicht zugehört!«

Franzi beugte sich interessiert vor. »Was gibt es denn noch?« Der Stylist fuhr sich durch die Haare. »Ich fürchte, dass es um schwarze Magie geht!«

Marie riss die Augen auf. Kim massierte sich die Schläfen. Sie atmete einmal tief durch, dann fragte sie ganz ruhig: »Warum glaubst du das?«

Giovanni nahm seinen Becher fest in die Hände. Dann erzählte er mit leiser Stimme: »Vor ein paar Wochen hat mich jemand angerufen. Er nannte seinen Namen nicht. Aber er hat mich vor einem der Spiegel gewarnt. Ihm hafte schwarze Magie an und ich sei in höchster Gefahr. Ich solle den Spiegel dringend beim nächsten Vollmond – der am nächsten Tag war – über Nacht auf den Friedhof stellen. Einfach neben den Haupteingang. Auf diese Weise könnten die in dem Spiegel gefangenen Seelen wieder in ihre Gräber zurückkehren. Dann würden sie nicht zu Dämonen werden und es könnte nichts passieren.« Giovanni machte eine Pause und nahm einen Schluck Tee.

Kim und Marco schüttelten stumm die Köpfe.

Dann sagte Giovanni in die Stille hinein: »Das habe ich natürlich nicht geglaubt!«

Kim nickte heftig. »Sehr richtig von dir!« Sie hob ihren Teebecher zum Mund.

»Ich habe mir gleich gedacht, dass das ein Dummejungenstreich sein muss«, sagte Giovanni. Er strich über den Henkel seiner Tasse. »Es ist schließlich bekannt, dass eine rituelle Spiegelreinigung nicht auf dem Friedhof vollzogen werden kann, sondern nur in einem klaren, fließenden Gewässer mit südwestlicher Hanglage.«

»Wie bitte?« Kim verschluckte sich. Sie bekam einen heftigen Hustenanfall und Franzi klopfte ihr auf den Rücken.

Giovanni sah nachdenklich in die Runde. »Aber nachdem diese schrecklichen Dinge jetzt passiert sind, frage ich mich doch, ob etwas an der Warnung dran war. Ich kenne ja auch nicht alle Rituale.«

»Giovanni«, keuchte Kim mit Tränen in den Augen. »Sag bitte nicht, dass du glaubst, dass das *Dämonen* waren?!«

Der Stylist sah sie ernst an. »Das könnte doch sein.«

Detektivtagebuch von Kim Jülich
Sonntag, 20:00 Uhr

Wir haben einen neuen Fall! Es handelt sich um ein Einbruchsdelikt mit Diebstahl und Vandalismus, das in der Nacht von Samstag auf Sonntag in dem Friseurladen ›Spiegelsalon‹ verübt worden ist. Glücklicherweise wurde kein Geld entwendet, da die Geschäftsinhaber, Giovanni und Marco, die Tageseinnahmen abends immer zum Nachttresor der Bank bringen. Es fehlen jedoch einige Spiegel. Sie haben keinen hohen Sachwert, sind aber für Giovanni und Marco sehr wichtig.
Kommissar Peters war schon am Tatort und hat Spuren gesichert. Er hat Giovanni nicht viel Mut ge-

macht, dass der oder die Täter geschnappt werden können, da es keine brauchbaren Fingerabdrücke gibt. Auch die Fußspuren, die entstanden sind, weil jemand durch auf dem Boden verschüttete Haarfarbe gelaufen ist, sind total verwischt und für einen Profilabgleich unbrauchbar. Aber wenn es nach Giovanni geht, waren ja sowieso Dämonen am Werk. Ich führe diese Theorie hier aus nachvollziehbaren Gründen nicht weiter aus. Giovannis Hang zu esoterischen und übersinnlichen Dingen hat die Befragung vorhin nicht gerade leicht gemacht. Auch Marie (und teilweise sogar Franzi!) war zunächst übersinnlichen Theorien nicht abgeneigt. Deshalb hat es eine Weile gedauert, alle davon zu überzeugen, dass die oder der Täter keine bösen Geister, sondern reale Menschen aus Fleisch und Blut sein müssen.

Als das klargestellt war, hatten wir auch schnell einen Hauptverdächtigen: den Expartner von Giovanni, Pietro Paranello. Er hat sich im Streit von Giovanni getrennt und einen eigenen Laden im Einkaufscenter aufgemacht. Um schnell neue Kunden zu gewinnen, bietet er die Aktion »Come in & Get a Cut« an, also Schneiden für Laufkundschaft ohne vorherige Terminvereinbarung. Trotzdem läuft der Laden noch nicht gut, wie Marco wusste. Dabei sind die Ladenmieten in dem Einkaufszentrum sehr hoch. Es könnte also gut sein, dass Paranello Giovannis Geschäft schädigen will, um seine Kunden zu übernehmen. Oder einfach, weil er Rachegefühle nach

dem Streit hat. Und Paranello kennt natürlich Giovanni sehr gut, und damit auch seine verletzliche Seite: seinen starken Aberglauben. Hat er den Laden verwüstet und den Spiegel zerstört, um Giovanni in Angst und Schrecken zu versetzen?
Wir werden diesen Expartner also etwas genauer unter die Lupe nehmen. Auch wenn Giovanni das nicht so recht ist. Er hat sich regelrecht gegen den Verdacht gewehrt, dass Pietro ihm etwas Schlechtes will. Er sagte, dass er genau wisse, dass es nicht Pietro gewesen sein kann: Er hat die Frage ausgependelt und das Pendel habe »Nein« angezeigt. Es ist nicht zu fassen.
Wir haben dem Stylisten trotzdem versprochen, seinen Expartner nicht direkt zu konfrontieren. Das macht es nicht gerade leichter; wir werden verdeckt ermitteln müssen. Die Details unserer Vorgehensweise wollen wir morgen bei einer außerordentlichen Clubsitzung festlegen. Vorhin hatten wir einfach keine Zeit mehr – zu viel davon ist vorher für die Diskussion über Dämonen & Co. draufgegangen.

Geheimes Tagebuch von Kim Jülich
Sonntag, 21:00 Uhr

Ben und Lukas! Dieses Tagebuch ist GEHEIM!!! Für jede gelesene Zeile werdet ihr ein Jahr lang vom Pech verfolgt. Jetzt sind es übrigens schon FÜNF Jahre.

Ich würde an eurer Stelle sofort aufhören zu lesen.
Jetzt sind es SIEBEN Höllenjahre! Das reicht, oder?!
Das Detektivdasein kann wirklich ganz schön hart sein. Privates bleibt manchmal einfach auf der Strecke. So wie heute das Treffen mit Michi und Felipe. Das hat mich richtig geärgert. Die beiden werden erst nächsten Sonntag wieder proben – aber dann bin ich auf alle Fälle dabei!!!
Ich bin heute zufällig etwas näher an der Buche mit dem Herz vorbeigekommen. Dabei habe ich gesehen, dass zwei Marienkäfer auf der Rinde herumgekrabbelt sind, ganz in der Nähe von dem eingeritzten ›I love Kim‹. Das sah vielleicht süß aus! Sie haben bestimmt ihren Platz für den Winterschlaf gesucht. Der eine Käfer hatte 14 Punkte, der andere 2. Schon komisch. An einem 14. Februar haben Michi und ich uns das erste Mal geküsst. HILFE!!! Die anderen haben mich mit ihrem Übersinnlichkeitswahnvirus angesteckt.
Jetzt höre ich mit dem Zahlenmagiemist auf und mache mit meiner Schreibübung weiter:

Mission Flammendes Inferno
Mike öffnete den Mund. »Ich habe sie beobachtet. Sie haben die Beute in einen getarnten Schacht geschafft. Der Öffnungsmechanismus ist …« Ein Hustenkrampf hinderte ihn am Weitersprechen. Er

griff sich mit schmerzverzerrtem Gesicht ans Ohr. Kimberly stellte entsetzt fest, dass es ganz verkohlt war. Sie stützte Officer Mikes Kopf, verband die Wunde notdürftig mit ihrem Taschentuch und flößte ihm etwas Wasser ein. »Ganz ruhig, ich bin bei dir!«

Kimberly schlang ihre Arme um Mikes Oberkörper und schleifte ihn hinaus an die rettende frische Luft.

»Kimberly!«, flüsterte Mike mit rauer Stimme. »Du musst die Beute sicherstellen. Sie ist der einzige Beweis, den wir haben. Hinten, an der Ziegelmauer, ist ein Schriftzug eingeritzt. Es ist ein Herz, in dem I LOVE YOU steht. Genau dahinter sitzt der Hebel, der den Schacht öffnet.« Dann verlor Mike das Bewusstsein.

Fortsetzung folgt.

Das war knapp!

Das außerordentliche Clubtreffen der drei !!! fand ausnahmsweise nicht im Pferdeschuppen neben dem Bauernhaus der Familie Winkler statt, sondern im *Café Lomo*. Alle drei Mädchen hatten am Nachmittag noch Termine in der Stadt. Deshalb hatten sie beschlossen, sich in dem zentral gelegenen Café zu treffen.

Die meisten Tische im *Lomo* waren an diesem frühen Montagnachmittag nicht besetzt. Die drei Detektivinnen konnten unbeobachtet und in Ruhe sprechen.

Kim stocherte mit dem Strohhalm auf der Zitronenscheibe in ihrem Colaglas herum. »Wir müssen mehr über Pietro Paranello herausfinden, ohne ihn direkt mit unserem Verdacht zu konfrontieren. Das haben wir Giovanni versprochen.«

Marie nickte. »Aber das wird nicht leicht werden. Wie kommen wir an den Kerl heran und können ihn unauffällig fragen, was er in der Nacht von Samstag auf Sonntag gemacht hat?«

Kim sog an dem Strohhalm, verzog das Gesicht und spuckte einen Zitronenkern in die Hand. Sie legte ihn auf den Untersetzer. »Ganz einfach: Wir lassen uns bei ihm die Haare schneiden. Dabei verwickeln wir ihn in ein Gespräch und horchen ihn aus.«

»Die Idee ist gut«, sagte Franzi sofort. »Praktischerweise kann man in seinem Laden ohne Termin vorbeischauen. Lasst uns das gleich morgen nach der Schule machen!«

Marie schüttelte den Kopf. »Ich kann da nicht hingehen. Ich lasse mir doch nicht meine frisch gestylte Frisur von einem Fremdfriseur ruinieren! Abgesehen davon, dass Pietro mich von früher kennt und sich sehr wundern würde, dass ich nicht mehr zu Giovanni gehe.«

»Dann machen Franzi und ich das«, sagte Kim.

Franzi zögerte plötzlich. »Ich habe gar nicht überlegt, dass wir uns ja tatsächlich die Haare schneiden lassen müssen.«

Marie zog eine Augenbraue hoch. »Und wo liegt dabei das Problem?«

Franzi seufzte. »Gerade erst gestern hat mir Felipe gesagt, dass er jeden Zentimeter an mir liebt. Auch jeden Zentimeter meiner Haare. Ich glaube, er fände es toll, wenn ich sie ein Stück wachsen lasse.«

»Franziska Winkler!« Marie schüttelte empört den Kopf. »Du wirst dir doch nicht von einem

Jungen vorschreiben lassen, wie du deine Haare trägst?! Du fühlst dich doch mit den halb langen Haaren sehr wohl, oder?«

»Schon«, antwortete Franzi. Sie überlegte einen Moment. Dann sagte sie mit fester Stimme: »Ja, du hast recht. Ich finde meine kurzen Zöpfe ziemlich gut – und praktisch. Ich kann mir momentan etwas anderes an mir gar nicht vorstellen.« Sie verschob ihr Glas auf der Tischplatte und zögerte wieder einen Moment. Dann brachte sie langsam hervor: »Aber wie teuer wird so ein Haarschnitt bei diesem Pietro sein?«

Marie schaltete sofort. Sie selbst verfügte über ein Taschengeldkonto, von dem sie so oft und so viel abheben konnte, wie sie wollte. Im Gegensatz zu ihr bekamen Franzi und Kim aber nur sehr wenig Geld von ihren Eltern.

Marie lächelte sie an. »Der Friseurbesuch geht natürlich auf meine Kosten, wenn ihr einverstanden seid.«

Franzi strahlte und auch Kim freute sich sehr. »Danke!«, riefen beide wie aus einer Kehle.

Marie sah auf die große Uhr hinter der Bar und stellte fest, dass sie sofort zu ihrer Yogastunde losmusste. Auch Franzi musste sich beeilen, wenn sie rechtzeitig zu ihrem ersten Rudertraining im Club beim Hafen kommen wollte. Und Kim verdrehte die Augen und sagte: »Ich muss zum Wohltätigkeitsbasar in der Grundschule.

Ich habe meiner Mutter versprochen, dass ich die Kasse mache.« Sie hob ihr Colaglas hoch. »Lasst uns anstoßen: Auf das verdeckte Verhör beim Friseur!«

Die drei Detektivinnen ließen kichernd die Gläser aneinanderklirren.

Pünktlich um 14:00 Uhr trafen sich Kim, Franzi und Marie am nächsten Tag im Foyer des großen Einkaufszentrums. Sie studierten den Lageplan neben der Rolltreppe.

»Hier, das muss es sein: ›Pietro's Haircut‹. Das Geschäft ist in der obersten Etage«, sagte Kim.

»Eine ziemlich gute Lage«, stellte Marie fest. »Da sind die ganzen Szene-Läden untergebracht.«

Sie fuhren gemeinsam bis zum zweiten Stock hoch. Dann trennten sie sich. Kim und Franzi steuerten den Friseursalon an. Marie begab sich in ein Eiscafé, das gegenüberlag. Dort wollte sie warten, um schnell zur Stelle sein zu können, falls sich etwas Außergewöhnliches bei der Befragung von Paranello ergab.

In dem Café herrschte dichtes Gedränge. Marie fand gerade noch einen Platz an der großen Fensterfront. Ein buntes Plakat, das das Benefizkonzert des Orchesters einer Mädchenrealschule ankündigte, versperrte ihr leider die Sicht auf den Friseurladen. Sie schob ihre Tasche unter den kleinen Bistrotisch und griff nach der Eiskarte. Eine hübsche Kellnerin mit blonden Dreadlocks kam zu ihr, Marie bestellte einen Ananasbecher.

»Kommt sofort«, sagte die junge Frau lächelnd. Sie tippte die Bestellung in ihren elektronischen Kellnerblock ein.

Marie bückte sich und zog die neue *Sweet* aus ihrer Tasche. Gerade als sie sich aufrichten wollte, hörte sie einen Mann am Nebentisch sprechen. Sie verstand nicht genau, was er sagte – aber die Stimme erkannte sie sofort! Marie reckte den Hals und lugte auf Höhe der Tischkante zwischen den Stängeln einer Bambuspflanze durch. Sie hielt den Atem an: Knapp einen Meter entfernt von ihr saß Pietro Paranello, Giovannis Expartner. Schöner Mist! Marie fragte sich, was Franzi und Kim wohl gerade machten, nachdem sie im Laden erfahren haben mussten, dass Paranello gar nicht da war. Dann sah sie, dass ihm gegenüber eine Frau mit akkuratem, rot gefärbtem Pagenschnitt, Silberkreolen und schwarzem Rollkragenpullover saß. Das war unverkennbar: Eva – Friseurin und Giovannis langjährige Mitarbeiterin! Was bedeutete das? Warum traf sich Paranello mit einer Mitarbeiterin von Giovanni? Das konnte doch kein Zufall sein. Steckten die beiden unter einer Decke und planten einen neuen Coup gegen den Hairstylisten?

Marie zögerte nicht lange: Sie würde die beiden heimlich belauschen. Vielleicht erfuhr sie mehr. Aber sie durfte unter keinen Umständen erkannt werden!

Marie handelte blitzschnell: Sie verharrte in der gebückten Haltung halb unter dem Tisch und wühlte in ihrer Tasche. Sie bekam die rosa Jazzhose in die Finger, die sie heute Morgen beim Sportunterricht getragen hatte. Daneben lag die XXL-Sonnenbrille. Wunderbar. Mit wenigen Handgriffen hatte Marie die perfekte Tarnung erstellt.

Sie richtete sich wieder auf und stieß mit der Nase beinahe in die Sahnehaube des großen Eisbechers, der vor ihr auf dem Tisch stand. Daneben wartete die Frau mit den Dreadlocks. Sie sah Marie irritiert an. »Ist der Ananasbecher hier richtig?«

»Ja, perfekt«, flüsterte Marie. Sie zog einen zerknitterten 10-Euro-Schein aus ihrer Hosentasche und legte ihn auf den Tisch. »Stimmt so. Danke.«

Die Frau nahm das Geld und bedankte sich mit einem strahlenden Lächeln. Sie zögerte kurz. »Alles klar bei dir?«

»Alles bestens«, antwortete Marie mit leiser Stimme. Sie zupfte an dem glänzenden rosa Turban, unter dem ihre Haare steckten, und schob die Brille zurecht.

»Dann noch einen schönen Tag.« Die Kellnerin ging kopfschüttelnd weg.

Marie rückte näher an die Bambuspflanze heran. Sie spitzte die Ohren. Pietro und Eva sprachen schnell und leise. Es war nicht leicht zu verstehen, was sie sagten. Doch dann hörte Marie zwei Worte heraus, die sie sich kerzengerade aufrichten ließen. Sie hatte »Giovanni« und »Salon« verstanden. Also doch!

Kim und Franzi hatten es sich in einer Sitzecke mit brombeerfarbenem Plüschbezug in ›Pietro's Haircut‹ bequem gemacht. An der Wand hing ein Sonnenaufgangsbild in zarten Rosa- und Lilatönen. Darunter gab es eine unübersehbare Anzahl von Urkunden und Diplomen verschiedenster Friseur-Seminare und Wettbewerbe in golden glänzenden Rahmen.

Franzi beugte sich zu dem kleinen Tischchen und schnappte sich eine Zeitschrift. Sie zuckte zusammen. »Hab ich einen Muskelkater. Ich hätte nicht gedacht, dass Rudern so anstrengend ist. Dabei haben wir nur Trockenrudern in der Halle gemacht.«

Kim grinste. »Wenn du als Sportskanone das sagst, ist es ernst. Mich würden ja keine zehn Pferde dazu bringen, ein Paddel anzufassen.«

Franzi grinste. »Mit Pferden würde es mir noch mehr Spaß machen.« Sie blätterte lustlos in der Zeitschrift.

Kim beobachtete, wie eine Kundin sich lange schmale Strähnen aus gestreiften Vogelfedern zeigen ließ, ans Haar hielt und schließlich eine auswählte.

»Hoffentlich kommt Pietro Paranello auch wirklich gleich aus seiner Pause zurück«, murmelte Franzi.

»Seine Kollegin hat es doch gesagt: Er macht immer Pause von 14:00 bis 14:30 Uhr. Er müsste in fünf Minuten kommen.« Kim sah interessiert zu, wie die Friseurin die Feder im Haar der Kundin befestigte. »Ich kam mir übrigens ziemlich affig vor«, flüsterte sie, »als wir ihr gesagt haben, dass wir von den tollen Schnittkünsten von Herrn Paranello gehört hätten und unbedingt nur von ihm beraten werden wollen.«

»Hm«, machte Franzi. »Aber was hätten wir sonst machen sollen?« Sie betrachtete das Foto von einem niedlichen Labradorwelpen, das über der Lesergeschichte des Monats abgedruckt war: *Wie Lumpi zu uns kam.*

»Ja, schon richtig.« Kim blickte weiterhin starr auf die Kundin. »Die Feder sieht super aus, finde ich!«

Franzi riss sich widerwillig von dem Artikel los. »Was sagst du?«

Marie beugte sich wieder zum Bambus vor. Ein Blatt kitzelte sie am Hals, sie schob es vorsichtig beiseite. Und dann hörte sie, wie Pietro zu Eva sagte: »Mach bitte, was ich dir gesagt habe!«

Eva antwortete mit schriller Stimme: »Das solltest du besser selbst machen! Giovanni muss –« Den Rest des Satzes konnte Marie leider nicht mehr hören. Er ging in donnernden Saxofon-, Trompeten- und Posaunentönen unter. Maries Blick fiel auf das Plakat an der Fensterscheibe: Das Mädchenorchester! Das Benefizkonzert begann ausgerechnet jetzt, ausgerechnet hier im 2. Stock auf dem kleinen Platz vor den Läden. Einige Besucher lehnten sich entspannt zurück und wippten mit den Füßen im Takt der Melodie mit. Andere beugten sich weit zur Mitte der Tische und setzten ihre Gespräche in doppelter Lautstärke fort. Die Geräuschkulisse war enorm. Marie starrte durch eine Lücke im Bambus. Sie sah, wie Pietro mit der Hand auf den Tisch schlug und die Lippen bewegte. Aber die fetzigen Klänge von *When the Saints Go Marching In* überdeckten seine Stimme komplett. Marie löffelte ein Ananasstück aus ihrem Eisbecher, ohne den Blick von den Zielpersonen zu nehmen. Plötzlich sprang Pietro auf. Er drückte Eva einen Briefumschlag in die Hand und lief zum Ausgang. Eva schüttelte den Kopf, verharrte einen Augenblick reglos und stopfte schließlich den Umschlag in ihre Handtasche. Sie stand ebenfalls auf und steuerte auf den Ausgang zu.

Marie zögerte keine Sekunde. Sie musste Eva folgen und sie beschatten. Sie musste herausfinden, was in dem Briefumschlag steckte, den Pietro ihr eben aufgedrängt hatte!

Marie schnappte sich ihre Tasche und die Zeitschrift und sprang so schnell auf, dass der Stuhl gefährlich nach hinten kippte. Mit einer Hand fing Marie ihn auf, kurz bevor er zu Boden krachte. Sie schlängelte sich geschickt durch die engen Tischreihen hindurch. Knapp vor dem Ausgang wurde ihr der Weg durch einen Mann in brauner Lederjacke verstellt, der seiner Frau gerade umständlich in den Mantel half. »Verzeihung«, sagte Marie, »ich müsste hier mal ganz schnell durch.« Aber weder der Mann noch die Frau reagierten. Das etwa fünfzigjährige Paar hatte beschlossen, sich zu küssen. Lang und innig und weltvergessen. Marie verdrehte die Augen. Sie fand es schon süß, dass Leute in diesem Alter noch öffentlich knutschten – aber musste das ausgerechnet jetzt und hier sein? Marie lief den Gang zurück und quetschte sich zwischen zwei anderen Tischreihen durch. Atemlos erreichte sie den Ausgang. Geschafft! Der Umweg hatte sie bestimmt eine Minute gekostet. Sie musste sich beeilen, wenn sie ihre Zielperson nicht ganz aus den Augen verlieren wollte. Marie sah sich um. Hinten bei der Rolltreppe machte sie Evas roten Pagenkopf aus. Marie drängte sich durch die Zuschauermenge, die sich um das Blasorchester versammelt hatte. Sie kam nur langsam voran und ihr brach der Schweiß aus. Sie musste einfach an Eva dranbleiben! Als Marie den Anfang der Rolltreppe erreichte, war die Frau bereits unten angelangt. Ohne das Tempo zu drosseln, sprang Marie auf die Treppe auf. Sie war froh, dass sie heute Sneakers trug und nicht ihre Highheels. Mit jedem schnellen Schritt über die Stufen spürte sie, wie gut die Gummisohlen hafteten.

Und dann ging alles sehr schnell: Beim Auftreten mit dem linken Fuß verfehlte Marie die nächste Stufe um Haaresbreite. Sie knickte um, verlor das Gleichgewicht, strauchelte und ruderte mit den Armen, konnte sich für einen kurzen Moment am Geländerband festhalten, rutschte aber wieder ab – und fiel vornüber. Instinktiv riss sie die Arme nach vorne. Sie bekam etwas zu fassen, rauen Stoff, und krallte sich daran fest. Wenige Zentimeter vor den scharfen Metallkanten der Treppen wurde ihr Fall gebremst. Marie blinzelte durch die verrutschte Sonnenbrille: Sie hatte die hinteren Jeanstaschen der Person, die vor ihr stand, erwischt! Doch die Person machte eine erschrockene Bewegung zur Seite. Plötzlich gab es ein hässliches Geräusch: Die seitlichen Nähte der Jeanstaschen gaben nach und rissen vollständig auf. Aber die unteren Nähte hielten.

Marie klammerte sich in unglücklicher Verrenkung an den zwei Jeanslappen fest. Sie hoffte inständig, dass die letzten Nähte stabil blieben. Glücklicherweise erreichten sie in diesem Moment das Ende der Rolltreppe. Sie stolperten in seltsamer Umarmung auf festen Boden und erlangten ihr Gleichgewicht wieder.

Maries Herz hämmerte gegen ihre Brust. Das war knapp!

Sie entfernte den rosa Behelfsturban, der ihr über die Augen gerutscht war, und schüttelte ihre Haare. Dann sah sie in das Gesicht eines ungefähr fünfzehnjährigen Jungen. Er wirkte genauso geschockt, wie Marie sich fühlte.

»Es tut mir leid«, rief Marie. »Entschuldige bitte vielmals. Tausend Dank, dass du mich gerettet hast.«

Der Junge begann zu lächeln. »Hauptsache, dir ist nichts passiert!«, sagte er.

Marie nickte hektisch. »Ja. Aber deine Hose ist kaputt.«

Sie reckte den Hals und suchte nach Eva. Verdammt, sie war schon auf der Rolltreppe zum Erdgeschoss.

»Ich muss weiter, ich habe es sehr eilig«, erklärte Marie und kramte eine Visitenkarte der drei !!! aus ihrer Tasche. »Hier, ich bin Marie Grevenbroich. Schick mir die Rechnung für die Reparatur einfach zu, okay?«

Sie drückte dem Jungen die Karte in die Hand und sprintete los.

»Und ich bin Selim«, rief ihr der Junge nach. »Nett, dich kennengelernt zu haben!«

Aber Marie hörte ihn schon nicht mehr.

Verdecktes Verhör beim Friseur

»Dann hole ich gleich mal den Katalog mit den Beispielen für Kurzhaarfrisuren und unsere Muster«, sagte Pietro fröhlich und zwinkerte Kim und Franzi zu. »Bin gleich wieder bei euch. Macht es euch gemütlich, entspannt euch, habt Spaß, freut euch auf alles, was kommt – und bis gleich!«

Als der Friseur außer Hörweite war, flüsterte Kim Franzi zu: »Ich kenne sonst keinen Menschen, der so viel redet. Mir fallen gleich die Ohren ab.«

Franzi stimmte ihr zu: »Ohne Punkt und Komma. Das ist echt anstrengend!« Sie zupfte missmutig am Kragen ihres veilchenfarbenen Überwurfs herum. »Und Marie sitzt gemütlich im Café und dreht Däumchen.«

»Und futtert einen leckeren Eisbecher.« Kim seufzte. »Ich glaube, ich brauche nachher eine doppelte Portion Spaghetti-Eis mit extra viel Sahne, um wieder zu Kräften zu kommen.«

Die Mission ›Verdecktes Verhör beim Friseur‹ hatte sich binnen Minuten zu einem äußerst anstrengenden Unterfangen entwickelt. Pietro war tatsächlich pünktlich um 14:30 Uhr aus seiner Pause gekommen. Beim Betreten des Ladens hatte er noch etwas angespannt gewirkt. Als ihm seine Kollegin jedoch sagte, dass Kim und Franzi extra auf ihn warteten, war sofort ein breites Lächeln auf seinem Gesicht erschienen. Er war sehr geschmeichelt und ging begeistert an die Beratung seiner beiden jungen Kundinnen. Dabei war er nett und hilfsbereit – aber er quasselte wie eine aufgezogene Spieluhr. Dass von draußen seit geraumer Zeit ziemlich laute Musik hereinschallte, machte die Sache nicht leichter. Kim tippte auf ein mindestens zwanzigköpfiges Blasorchester, das aus unerfindlichen Gründen hier im Einkaufszentrum spielte.

Jetzt saßen die beiden Detektivinnen nebeneinander in zwei himbeerfarbenen Kunstledersesseln. Ihre ratlosen Blicke trafen sich in dem großen Friseurspiegel.

Wie sollten sie jemanden verdeckt befragen, der so viel redete, dass man ganz schlecht Fragen stellen konnte? Darauf waren sie nicht vorbereitet gewesen. Kim wurde nervös. Ihr ganzes Wissen über Befragungstechniken – offen und geschlossen gestellte Fragen, integrative und forensische Befragungen – nutzte ihnen in diesem Moment gar nichts. Auch die raffinierte Verhörtechnik des »Bad Guy – Good Guy« hatten sie bislang noch nicht einsetzen können …

Pietro erschien wieder. Er hatte mehrere Hefte und Kataloge im Arm. »So, meine Damen, hier haben wir ein paar Beispiele.« Er lächelte Kim und Franzi an. »Wollt ihr sie euch erst mal in Ruhe ansehen oder soll ich euch Vorschläge machen?«, fragte er. Er tippte sich mit dem Zeigefinger an die Stirn. »Ach, das habe ich ja völlig vergessen: Möchtet ihr etwas trinken? Wasser mit, mit wenig oder ohne Kohlensäure, Cola, Zitronenlimonade, Orangenlimonade, grünen, schwarzen, weißen Tee, Pfefferminze, heiße Schokolade oder vielleicht einen Latte macchiato?«

Franzi wurde schwindelig. »Für mich bitte ein Wasser ohne Kohlensäure.«

Kim wollte eine Cola.

Pietro verschwand erneut.

Franzi griff nach dem Farbmusterbuch. Sie hatte vorhin, sehr zum Erstaunen von Kim, sofort gesagt, dass sie sich die Haare färben lassen wollte.

Aufmerksam studierte sie die Seite mit den Grüntönen.

Kim lehnte sich zu Franzi rüber. »Grün? Im Ernst jetzt?«

»Warum nicht? Ihr sagt doch immer, dass mir das total gut steht.«

»Ja, aber als Kleiderfarbe«, antwortete Kim. »Weil es total gut zu deinen schönen naturroten Haaren passt.«

»Ich will ja nur die Haarspitzen färben lassen. So, wie bei dem Model dort.« Franzi deutete auf ein Plakat an der Wand. Die Frau darauf hatte halb lange, dunkelbraune Haare, deren Spitzen in einer Breite von ungefähr vier Zentimetern Türkisblau gefärbt waren. *Dip-Dye-Look*, stand darunter.

»Das sieht allerdings ziemlich gut aus«, musste Kim zugeben. Franzi tippte im Musterbuch auf eine Strähne in intensivem Smaragdgrün. »Die Farbe nehme ich.«

»Mal sehen, was Felipe dazu sagt«, rief Kim und zwinkerte Franzi zu. »Aber: Hauptsache, die Haare werden nicht abgeschnitten.«

»Genau«, murmelte Franzi. Sie lehnte sich entspannt zurück. Die nächste Stunde verging, ohne dass die beiden Detektivinnen auch nur eine einzige ermittlungstechnisch wichtige Frage stellen konnten. Kaum hatten sie ihre Wünsche geäußert, legte Pietro in atemberaubendem Tempo los. Dabei redete er, was das Zeug hielt.

Während er eine Paste für Franzis Farbe in einem Schälchen anrührte, berichtete er von seiner Zwergkrallenfroschzucht. Kim bekam in der Zeit von einer jungen Frau die Haare gewaschen. Als sie wieder an ihren Platz kam, erzählte Pietro gerade von seinem Schrebergarten-Nachbarn und ging dann über zum Thema gesunde Ernährung.

Während er Franzis Haarspitzen einstrich, seufzte er. »Es wird wahrscheinlich bald ein Gesetz geben, das es verbietet, Teenies unter 16 die Haare zu färben. Du bist gerade noch rechtzeitig gekommen.«

Ein Alublatt fiel auf den Boden und Pietro bückte sich.

Kim nutzte die kurze Redepause: »Kennen Sie eigentlich Giovanni di Specchio?«

Kaum hatte sie den Satz ausgesprochen, biss sie sich auf die Lippe. Das war keine verdeckte Befragung, das war pure Kopflosigkeit. Wie konnte ihr so etwas passieren?

Franzi riss die Augen auf und schüttelte unmerklich den Kopf.

Pietro legte die Alufolie zur Seite. »Ja, natürlich! Giovanni! Du kennst ihn? Woher denn?« Ohne eine Antwort abzuwarten, fuhr der Friseur fort: »Wir haben viele Jahre einen Salon zusammen geführt. Aber dann, wie soll ich es sagen, haben wir uns auseinanderentwickelt. Unsere ästhetischen Vorstellungen sind einfach zu verschieden. Ich habe Giovanni versucht zu überzeugen, dass wir einfach hipper werden, ausgefallene Dinge versuchen müssen. Aber er wollte das mit den Naturprodukten weiter ausbauen, nur Pflanzenfarbe, alles ökologisch korrekt. Das ist ja gar nicht mein Ding. Wir haben uns darüber gestritten. Na ja, ich habe ein etwas aufbrausendes Temperament. Hinterher tut es mir immer leid, wenn ich ausfallend geworden bin. Ich bin also gegangen und habe meinen eigenen Laden aufgemacht. Das allerdings bereue ich nicht!«

Pietro faltete einen Alufolienstreifen um die letzte Haarsträhne auf Franzis Kopf. »Das wirkt jetzt zwanzig Minuten ein. Dann können wir die wunderschöne Farbe auftragen. In der Zeit schneide ich dir die Spitzen, Kim. Aber zuerst müssen wir ja noch die Feder-Extension für dich aussuchen.«

Kim nickte stumm. In ihrem Kopf kreisten die Gedanken. Paranello schien überhaupt nicht irritiert gewesen zu sein, als sie ihn nach Giovanni gefragt hatte. Und er hatte freimütig von dem Streit erzählt. Hatte so jemand tatsächlich Giovannis Salon verwüstet?

Aber seine Naivität konnte auch ein ganz raffinierter Trick sein …

Pietro rief seine Kollegin. Sie brachte die Kollektion von Federteilen mit.

»Die kommen direkt aus New York, von einem der führenden Händler für Feather-Extensions«, sagte Pietro stolz. »Er war bei dem Extensions-Seminar anwesend, dass Linda und ich dieses Wochenende besucht haben. Ein wahrer Glücksfall, nicht?«

Die junge Frau lächelte. »Absolut. Es war fantastisch. Dafür hat sich die Anreise echt gelohnt. Und New York war einfach großartig.«

Kim zuckte zusammen. »Sie waren letztes Wochenende in New York?«

Pietro nickte versonnen. »Vier wunderbare Tage lang. Von Freitag bis gestern. Montags ist der Laden ja zu.«

Franzi und Kim wechselten einen enttäuschten Blick. Paranello war in der Tatnacht überhaupt nicht in Deutschland gewesen. Und er hatte dafür sogar eine Zeugin.

Nachdem die beiden Mädchen eine Stunde später fertig gestylt waren, ging Franzi schnell noch auf die Toilette.

Kim wartete beim Loungesofa auf sie und betrachtete die Diplome an der Wand. Oben rechts, in einen breiten goldenen Rahmen gefasst, hing eines, das die Teilnahme von Pietro Paranello und Linda Neumann von ›Pietro's Haircut‹ beim *International Tutorial for Hair-Extensions and Hair-Design in New York City* dieses Wochenende bestätigte. Kim massierte ihre Schläfen. Der Verdächtigte hatte ein lupenreines Alibi.

Sie mussten wieder von vorne anfangen.

Verborgene Schätze

Marie wich zwei kleinen Mädchen aus, die große Musikinstrumentenkoffer auf ihrem Rücken schleppten. Sie schlug einen Haken und stürmte mit wehender Haarmähne in das Eiscafé im Einkaufszentrum.

Kim und Franzi setzten sich gerade an einen freien Tisch. Als Franzi ihre Jacke über die Stuhllehne hängte, entdeckte sie Marie. Sie winkte ihr zu.

»Wo warst du denn?«, rief Franzi. »Du wolltest doch hier warten, um zur Stelle zu sein, falls in dem Friseurladen etwas passiert!« Sie zupfte verärgert an einem ihrer kurzen Zöpfe.

Marie riss die Augen auf. Sie sah zwischen ihren Freundinnen hin und her. »Das ist genial!«

»Was ist genial?«, wollte Franzi wissen.

»Ihr seht total gut aus.« Marie setzte sich. »Diese grünen Zopfspitzen, Franzi, stehen dir extrem gut! Und die Feder an Kims Schläfe ist der Wahnsinn! Also, ein schlechter Friseur ist dieser Pietro Paranello ja nicht.«

»Richtig.« Kim strich sich vorsichtig durchs

Haar. »Und er hat nichts mit dem Vorfall in Giovannis Salon zu tun.«

Marie bekam große Augen. »Wie kannst du das mit solcher Sicherheit sagen?«

»Er war zur Tatzeit in New York.« Kim zog die Eiskarte zu sich heran.

Marie setzte sich. »Gibt es dafür einen Beweis?«, fragte sie.

Kim nickte, ohne den Blick von der Karte zu nehmen. »Spaghetti-Eis Spezial mit Schokosoße.«

Marie beugte sich vor. »Wie bitte?«

Kim schob die Eiskarte zu ihr rüber. »Ich nehme ein Spaghetti-Eis Spezial. Und: Ja, es gibt eine Zeugin, die mit ihm in New York letztes Wochenende auf einem Hairstyle-Seminar war. Das Diplom dazu hängt an der Wand seines Salons – der übrigens furchtbar kitschig eingerichtet ist. Ich kann verstehen, dass Giovanni und er sich nicht einig werden konnten.«

»Selbst auf dem Klo gibt es nur Kitsch«, warf Franzi grinsend ein. »Ein Handwaschbecken mit goldenem Löwenkopf als Wasserhahn. Und darüber hängt ein großer Spiegel mit dem Bild von einem halb nackten Jungen, der an einem Teich hockt und sich die Fische anguckt. Der pure Horror.«

Die Kellnerin kam und sie unterbrachen ihr Gespräch, um die Bestellung aufzugeben. Als die Frau wieder gegangen war, seufzte Marie.

»So ein Mist. Dann haben wir heute gleich zweimal einen falschen Verdacht gehabt.«

»Wieso zweimal?«, fragte Kim verwundert. »Es war doch nur von Pietro Paranello die Rede.«

Marie strich sich eine Haarsträhne hinter das Ohr. »Ich habe vor eineinhalb Stunden eine Frau, die in Giovannis Laden arbeitet, hier im Café zusammen mit Paranello gesehen.«

Kim zog die Augenbraue hoch.

»Das kam mir sofort verdächtig vor«, erzählte Marie weiter. »Ich habe die beiden heimlich beobachtet und belauscht. Sie haben tatsächlich über Giovanni und den Laden gesprochen und wild diskutiert. Am Schluss hat Paranello Eva einen Briefumschlag in die Hand gedrückt.«

Marie verstummte, weil sich die Kellnerin näherte.

»Einmal Spaghetti-Eis Spezial, ein kleines gemischtes Eis und einen Ananasbecher.« Die Frau mit den blonden Dreadlocks stutzte, als sie den Becher vor Marie abstellte. »Jetzt erkenne ich dich wieder. Du warst doch vorhin schon mal da. Also, ohne Turban und Sonnenbrille finde ich es besser. Ich hoffe, du schaffst es diesmal, dein Eis aufzuessen!«

»Ja, danke!«, beeilte sich Marie zu sagen. Sie übersah die fragenden Blicke ihrer Freundinnen und nahm einen Löffel Eis. »Wo war ich stehen geblieben?«, nuschelte sie.

»Der Briefumschlag«, sagte Franzi gespannt.

»Genau. Eva hat ihn eingesteckt, und als sie gegangen ist, bin ich sofort hinterher.«

Marie überlegte einen kurzen Moment, ob sie ihr Missgeschick auf der Rolltreppe erzählen sollte, entschied sich dann aber dagegen. »Um es kurz zu machen: Eva ist direkt zurück in Giovannis Laden gelaufen. Ich bin ihr einfach in den Laden gefolgt. Dort habe ich dann mitbekommen, wie sie Giovanni den Umschlag übergeben hat. Sie hat gesagt, dass Pietro ihm ein Versöhnungsangebot macht. Und sie hat ihn inständig gebeten, den Brief zu lesen. Das hat er dann auch gemacht. Er war ziemlich bewegt.«

»Das passt zu dem, was Pietro uns erzählt hat.« Franzi seufzte. »Er hat gesagt, dass er ein sehr aufbrausender Typ sei und es ihm hinterher immer leidtut, wenn er mal ausgeflippt ist.«

Kim nickte.

Die drei Detektivinnen aßen schweigend ihr Eis.

Eine Gruppe jüngerer Mädchen ließ sich lachend und schwatzend an zwei Nebentischen nieder. Sie verstauten lautstark ihre Instrumentenkoffer unter den Tischen. Marie runzelte die Stirn. Sie waren wohl Mitglieder des Orchesters, das vorhin das Benefizkonzert gegeben hatte. Ein Mädchen öffnete seinen Trompetenkoffer. Er war mit Samt ausgeschlagen. Sie hob das Instrument hoch und zog an einer kaum sichtbaren Schlaufe am Boden des Koffers. Ein Teil klappte auf und offenbarte ein Fach. Das Mädchen entnahm ihm eine Geldbörse und verstaute das Instrument wieder. Sie setzte sich zu den anderen Musikerinnen. Marie bemerkte, dass Kim ebenfalls hingesehen hatte. »Nettes Geheimfach«, sagte sie. »So einen Instrumentenkoffer sollten wir uns vielleicht auch anschaffen.«

Kim nickte nachdenklich. Sie löffelte den letzten Rest Sahne aus ihrem Becher. Plötzlich schlug sie mit der Hand auf den Tisch. Franzi und Marie zuckten zusammen.

»Vielleicht ging es gar nicht um Sabotage!«, rief sie.

Zwei Mädchen am Nebentisch drehten sich um und sahen Kim neugierig an.

Kim senkte ihre Stimme und fuhr fort: »Es könnte um die Spiegel gehen. Vielleicht ist etwas in ihnen verborgen – in Geheimfächern: Geld, Schmuck, Wertpapiere, Mikrofilme, Gemälde, geheime Dokumente.« Kims Wangen röteten sich vor Eifer. »Jemand wusste von den verborgenen Schätzen und hat die Spiegel entwendet, um in Ruhe nach ihnen zu suchen.«

»Ich glaube, du liest zu viele Kriminalromane.« Marie runzelte die Stirn. »Das ist doch total unwahrscheinlich. Überleg mal: Giovanni hat erzählt, dass die Spiegel von ganz unterschiedlichen Orten stammen. Manche hat er auf dem Flohmarkt gekauft, einige sind aus dem Kaufhaus, andere stammen sonst wo her. Wieso sollten die alle zufällig ein Geheimfach haben?«

»Das ist wirklich unwahrscheinlich«, gab Kim enttäuscht zu. Sie leckte ihren Eislöffel ab und legte ihn auf den leeren Teller. »Trotzdem sollten wir uns mit den Spiegeln beschäftigen. Auffallend ist nämlich, dass nicht alle gestohlen wurden. Das stimmt doch, oder?«

Franzi nickte. »Ich kann mich daran erinnern, dass mindestens noch zwei Spiegel hingen. Oder waren es drei?«

»Ich weiß es auch nicht mehr genau«, sagte Marie. »Ihr habt recht. Wir sollten unsere Ermittlungen auf die Spiegel konzentrieren.« Sie zuckte mit den Schultern. »Etwas anderes fällt mir jetzt, ehrlich gesagt, auch gar nicht ein.«

»Also, abgemacht«, sagte Kim geschäftig. »Am besten rufst du gleich Giovanni an und lässt ihn eine Liste über alle Exemplare anfertigen. Er soll zu jedem dazuschreiben, wie er aussieht, wo er her ist, welche Besonderheiten es gibt. Wenn er Fotos hat, wäre das natürlich super.«

Marie tippte die Hand an ihre Schläfe. »Aye, aye, Sir! Wird sofort erledigt. Und bestellt mir in der Zwischenzeit doch bitte noch eine Cola.« Sie zückte ihr Smartphone.

Kim winkte der Kellnerin.

Zwei Stunden später standen die drei Detektivinnen in Giovannis Friseursalon. Der Stylist hatte Marie am Telefon sofort versprochen, ihnen die gewünschte Liste der Spiegel zu geben. Marco hatte bereits eine Aufstellung für die Versicherung angefangen und es mussten nur wenige Details ergänzt werden. Kim, Franzi und Marie hatten daraufhin beschlossen, gleich nach Ladenschluss die Liste abzuholen. So konnten sie Giovanni und Marco direkt fragen, falls etwas unklar war.

Die letzte Kundin wurde von Eva an der Tür verabschiedet. »Ihr habt hier ja schon ganz gut aufgeräumt«, stellte Marie fest. »Der rote Teppich, den ihr über die kaputten Terrazzo-Stellen gerollt habt, sieht richtig edel aus!«

Giovanni lächelte. »Der Fliesenleger kann erst nächste Woche kommen. Bis dahin muss das eben so gehen.«

Marco legte seinen Arm um Giovannis Schulter. »Wir haben den ganzen Montag über geschuftet. Die Ersatzspiegel haben wir von der Ballettschule gegenüber geliehen. Die waren total hilfsbereit. Der Hausmeister hat uns geholfen, die Riesendinger hierherzubringen. Wir dürfen sie so lange behalten, bis wir neue Spiegel angeschafft haben.«

»Oder die alten wieder aufgetaucht sind«, murmelte Giovanni. »Ich kann einfach nicht glauben, dass sie ein für alle Mal weg sein sollen.«

»Wir werden sehen.« Marco runzelte die Stirn. »Aber das Wichtigste ist, dass das Geschäft weiterläuft. Und das tut es! Wir bieten für die Zeit, in der hier alles improvisiert ist, besonders günstige Preise an. Und jeder Kunde bekommt ein kleines Kirschtörtchen zu seinem Getränk.«

»Das kommt sehr gut an«, begann Giovanni zu schwärmen. »Alle empfinden die Atmosphäre als äußerst angenehm.«

Marco nickte zufrieden. »Es scheint sich schnell herumzusprechen. Heute haben sich bereits vier neue Kunden angemeldet. Also, wenn der Täter unserem Geschäft schaden wollte, dann ist ihm dies nicht gelungen.«

Giovanni seufzte. »Ich bin froh, dass auch ihr herausgefunden habt, dass Pietro damit nichts zu tun hat. Aber ich habe es ja eigentlich gewusst.«

Maries Handy klingelte. Sie sah auf dem Display, dass es Holger war, entschuldigte sich schnell bei den anderen und lief in den Empfangsraum.

Sie meldete sich: »Hi, Holger, wie schön!«

»Hi, Marie!« Seine Stimme klang fröhlich.

Marie fühlte sich sofort ganz leicht und frei. »Hast du Lust, am Sonntag ins Musical zu gehen – *Tanz der Vampire*? Meine Mutter hat zwei

Karten geschenkt bekommen. Sie kann aber nicht hingehen, weil so viel im Laden zu erledigen ist.«

Holgers Mutter führte einen kleinen Tante-Emma-Laden in Billershausen. Sie musste ziemlich viel arbeiten, um den Lebensunterhalt für sich und ihre drei Kinder – Holger und seine jüngeren Zwillingsgeschwister – zu verdienen.

»Ja, ich komme gerne mit. Entschuldige bitte, aber wir stecken gerade mitten in einem Fall. Ich muss jetzt Schluss machen. Ich ruf dich später an, okay?«

»Der Detektivclub läuft also immer noch gut, das ist schön. Herzlichen Glückwunsch«, sagte Holger. Marie hörte das Lächeln in seiner Stimme und fing ebenfalls an zu lächeln.

»Ruf mich einfach an, wenn es bei dir passt! Dann machen wir aus, wann und wo wir uns treffen. Ciao, Bella!«

Marie wurde es ganz warm ums Herz. Aber sie verdrängte den aufsteigenden Wunsch, sofort stundenlang mit Holger zu telefonieren und zu flirten. Sie verabschiedete sich von ihm und lief zurück in den Salon.

Giovanni hatte gerade die Liste an Kim übergeben. Interessiert sah Marie ihr über die Schulter.

Das Handy klingelte erneut. Aus den Augenwinkeln nahm Marie wahr, wie Franzi ihr einen genervten Blick zuwarf. Jetzt sah sie erst recht auf das Display. Die Nummer kannte sie nicht. Neugierig nahm sie das Gespräch an.

»Hier ist Selim«, erklang eine ruhige, freundliche Jungenstimme. »Hallo, Marie!«

»Ja, hallo, ähm, Selim!«, antwortete sie. Sie biss sich auf die Lippen und überlegte fieberhaft: Wer war *Selim*?

Der Junge interpretierte Maries Schweigen richtig. Er erklärte: »Wir haben uns heute auf der Rolltreppe im Einkaufszentrum ... na ja ... kennengelernt. Du hast mir deine Telefonnummer gegeben. Ich wollte mich mal melden.«

Marie schloss die Augen. Das hatte ihr jetzt gerade noch gefehlt. Wieder entschuldigte sie sich bei den anderen und lief in den Vorraum.

»Hallo«, sagte Marie. »Warum rufst du denn an? Gibt es ein Problem mit der Rechnung?«

»Nein, gar nicht!« Selim erklärte, dass er beschlossen hatte, die Taschen seiner Jeans ganz abzureißen. »Es sieht ziemlich cool aus. Und das Geld, das damit gespart ist, könnten wir doch zusammen im Eiscafé ausgeben. Was meinst du? Ich würde dich gerne einladen.«

Marie lächelte. Das war ja nett! Sie versuchte sich daran zu erinnern, wie der Junge aussah. Leider hatte sie überhaupt keine Einzelheiten behalten. Außer dem Anblick von einem Paar ausgefranster Jeanstaschen von hinten und einem Paar freundlicher dunkelbrauner Augen von vorne.

Seine Stimme klang wirklich sympathisch. Trotzdem wollte sich Marie die Sache in Ruhe überlegen.

»Vielen Dank!«, sagte sie daher. »Das ist eine gute Idee. Aber ich habe meinen Terminkalender gerade nicht hier. Ich melde mich bei dir, sobald ich zu Hause bin, okay?«

»Ja klar, würde mich echt freuen! Bis dann.«

Als Marie zu den anderen zurückkam, wurde sie von einer ungeduldigen Franzi empfangen: »Schön, dass du auch mal vorbeikommst!«

Marie überging die Bemerkung einfach. Sie lief zu Kim, die im Schneidersitz im Agatha-Christie-Sessel hockte. Sie hatte die Liste und einige Fotos auf dem Schoß. Marie beugte sich darüber. Sie überflog das Papier.

Dann wurde sie blass.

Sieben Spiegel

Kim sah Marie beunruhigt an. »Was ist denn los?«

»Fällt euch denn gar nichts auf?«, rief Marie. Sie strich sich nervös die Haare hinter die Ohren.

Die anderen schüttelten die Köpfe.

	Motiv	Spiegel	in Besitz seit	woher	Status
1	Schneewittchen-Königinnenspiegel	oval, vergoldeter, gemusterter Rahmen	5 Jahren	Erbstück Oma Giovanni	gestohlen
2	Michael Jackson: Man in the Mirror	Rahmen mit Spiegelmosaik im Discokugel-Look	2 Jahren	gekauft in Möbelladen	gestohlen
3	Lewis Carroll: Alice im Spiegelland	eckig, silbern, blumenverzierter Rahmen	6 Jahren	alter Garderobenspiegel Marco	gestohlen
4	Sternenschweif – Der steinerne Spiegel	runder Rahmen mit Schmucksteinen und silbernen Einhörnern	10 Jahren	aus altem Laden übernommen	gestohlen

	Motiv	Spiegel	in Besitz seit	woher	Status
5	Agatha Christie: Mord im Spiegel	eckig mit schwarzem Rahmen	10 Jahren	aus altem Laden über- nommen	ge- stohlen
6	Il Barbiere Zunftecke	eckig, Holz- rahmen mit geschnitzten Zunftzeichen	er- steigert vor 6 Wochen	Haushalts- auflösung alte Textil- fabrik	ge- stohlen
7	Narziss	Motiv »Narziss am Teich« auf Spiegel aufgedruckt	10 Jahren	Geschenk von Freun- den für Gio- vanni zur Eröffnung des ersten Ladens	ge- stohlen
8	Vampir- ›Spiegel‹	ovaler Bilderrahmen aus Bronze ohne Spiegel	5 Jahren	Erbstück Oma Giovanni	vor- handen
9	Königin Nofretete	Replik eines ägyptischen Handspiegels	5 Jahren	Geschenk Marcos Schwester	vor- handen
10	chinesi- scher Zauber- spiegel	rund, eingravierte Drachen	10 Jahren	Dachboden Marco, vor Jahren auf Flohmarkt erstanden	vor- handen

	Motiv	Spiegel	in Besitz seit	woher	Status
11	Pablo Picasso, Frau vor dem Spiegel, Gemälde 1937	eckig, Rahmen mit Dreieck-Elementen in Rot, Schwarz, Gelb selbst bemalt	10 Jahren	Dachboden Marco, altes Bastelstück	vorhanden
12	Autofan	Verkehrsspiegel mit rot-weiß gestreiftem Rand	ca. 25 Jahren	Küchenbord Giovanni	zerstört

Marie drehte nervös an ihrem Fingerring. »Genau sieben Spiegel wurden gestohlen.«

Giovanni nahm die Liste an sich und zählte nach. »Sieben«, bestätigte er. »Die magische Sieben. Das ist ein ganz schlechtes Omen!«

Kim verdrehte die Augen. »Ich glaube wirklich nicht, dass die Anzahl etwas zu bedeuten hat.«

»Das sagst du so leicht!« Marie verschränkte die Arme vor der Brust. »Es könnte auf Okkultismus hindeuten …«

»Marie, bitte!« Kim ließ sich die Liste von Giovanni wiedergeben. Nachdem sie eine Weile daraufgesehen hatte, sagte sie: »Mir fällt vor allen Dingen der Zunftspiegel ins Auge. Er ist der einzige Spiegel, der erst vor Kurzem angeschafft wurde. Alle anderen sind schon viel länger in eurem Besitz.«

Giovanni nickte. »Das stimmt. Ich habe ihn bei der Versteigerung in der alten Fabrikantenvilla erworben. Eine Einzelanfertigung im Auftrag des ehemaligen Besitzers, wie mir gesagt wurde. Und dafür war er sehr günstig.«

Marco nickte nachdenklich. »Interessant. Genau diesen Spiegel wollte mir vor einigen Wochen ein Mann abkaufen. Ich habe davon erzählt, als Marie letzte Woche bei uns war.«

»Ja, ich erinnere mich«, sagte Marie.

»Das ist seltsam.« Giovanni schaltete sich aufgeregt ein: »Genau vor dem Zunftspiegel hat mich damals der anonyme Anrufer gewarnt. Das ist der Spiegel, den ich auf den Friedhof stellen sollte.«

Kim sah alarmiert auf. »Wir müssen unsere Ermittlungsarbeit auf dieses Exemplar konzentrieren!« Sie zupfte an ihrer Feder-Extension. »Marco, kannst du den Mann beschreiben, der den Spiegel kaufen wollte?«

»Natürlich. Er war Anfang 30, 1,75 Meter groß, hatte eine schlanke Figur mit leichtem Bauchansatz, dunkelblonde Haare bis zur Schulter, Mittelscheitel.« Marco schnipste mit dem Finger. »Marie, du hast ihn doch auch gesehen. Er war am Freitag da und hat sich die Haare von Louis schneiden lassen.«

Marie machte große Augen. »Der Typ in der ›Il Barbiere‹-Nische?«

»Richtig. Die Nische mit dem …«

»Zunftspiegel!«, sagten die drei !!! und Marco gleichzeitig.

Franzi trommelte mit den Fingern auf der Sessellehne. »Leute, das ist doch hochgradig verdächtig!«

Marie nickte heftig. »Zu blöd, dass ich den Typen gar nicht richtig wahrgenommen hab«, bedauerte sie. »Ich war einfach zu sehr mit Entspannen beschäftigt.«

»Das war aber auch dein gutes Recht an dem Tag.« Giovanni lächelte. »So soll es bei einem Besuch bei uns schließlich sein.«

Marie fragte Marco: »Hast du seine Kontaktdaten notiert, als er sich damals den Termin hat geben lassen?«

»Ich glaube, ja.« Der Stylist lief in den Empfangsraum. Er kam mit dem roten Terminbuch zurück und blieb neben Marie stehen. Er blätterte hastig. »Hier müsste er gleich kommen. Ja: Franz Müller –« Enttäuscht hob er den Kopf. »Keine Adresse. Keine Telefonnummer. Verdammt, da habe ich damals nicht aufgepasst.«

Kim schüttelte den Kopf. »Das ist unter Garantie auch nicht sein richtiger Name. Wir können froh sein, dass er nicht auch noch eine falsche Adresse angegeben hat. Da hätten wir nur unnötig viel Zeit mit einer Spur ins Nichts verloren.«

Marco runzelte die Stirn. »Ich sehe zur Sicherheit noch in unserer Kundenkartei nach, vielleicht ist da etwas eingetragen.« Er lief hinaus.

»Und ich versuche Louis zu erreichen«, sagte Giovanni nachdenklich. »Vielleicht hat ihm der Mann etwas erzählt, was uns weiterbringt.«

Kim nickte. »Das ist eine gute Idee.«

Der Stylist verschwand zum Telefon bei der Garderobe.

Franzi blätterte in dem Ordner mit den Fotos. Giovanni und Marco hatten gleich nach Fertigstellung des neuen Innenraumdesigns Bilder von ihrem Salon gemacht. Dabei hatten sie jede Nische einzeln fotografiert. Die Spiegel und die dazugehörigen Accessoires waren gut zu erkennen.

»Die Kundenplätze haben toll ausgesehen!«, sagte Franzi begeistert. »Es ist so schade, dass die Spiegel weg sind.« Plötzlich stutzte sie. »NEIN!«

Die anderen sahen sie fragend an.

»Das gibt's doch nicht!« Franzi tippte energisch auf ein Foto und rief: »Dieser Spiegel hängt in Pietros Friseursalon auf dem Klo. Ich erkenne ihn eindeutig wieder.«

»Zeig her«, rief Marie. Sie sahen sich das Bild an.

Franzi knurrte: »Ich fasse es nicht! Paranello

hat uns alle an der Nase herumgeführt. Er hat sehr wohl den Laden ruiniert und die Spiegel gestohlen! Und einen davon hat er sich dreist in seinen Salon gehängt.« Franzi ballte die Hände zu Fäusten. »Das ist … mir fehlen die Worte!«

»Bist du ganz sicher?«, fragte Marie aufgeregt. »Ist das wirklich derselbe Spiegel?«

Franzi nickte wild. »Ich bin absolut sicher. An das Bild kann ich mich ganz genau erinnern. Ich habe mich total erschrocken, als ich beim Händewaschen auf einen halb nackten Jungen gesehen habe, der die Fische im Teich anglotzt.«

Marco und Giovanni kamen zurück in den Salon. Marco schüttelte bedauernd den Kopf. »Auch in der Kundenkartei ist nichts!«

Giovanni hatte auch keinen Erfolg zu vermelden. »Louis sagt, dass der Mann total schweigsam war. Er hat nur einmal länger mit dem Handy telefoniert. Und da hat ihm jemand einen Einkaufszettel diktiert.«

Franzi sah die Stylisten an. »Wir haben den Täter!«

Die beiden Männer starrten sie mit offenem Mund an.

»So schnell?«, fragte Marco schließlich erstaunt.

»Es ist Pietro Paranello!«, sagte Franzi.

»Das kann nicht sein!«, rief Giovanni aus. »Nein, bitte nicht!«

Franzi zeigte Giovanni das Foto des Spiegels mit dem Narziss-Motiv. »Dieser Spiegel hängt jetzt bei Paranello im Laden!«

Giovanni starrte auf das Bild. Dann lächelte er.

Franzi sah den Stylisten fassungslos an. »Du lächelst?«

Marco trat hinzu und betrachtete ebenfalls das Foto. Sofort fing er an zu grinsen.

»Das ist doch nicht zum Lachen!«, rief Franzi völlig verunsichert. »Wir haben soeben den Täter identifiziert.«

»Nein, ich fürchte, das habt ihr nicht.« Marco kratzte sich am Kinn. »Das ist das Narziss-Motiv. Und es ist der *gleiche* – aber nicht *derselbe* Spiegel. Es gibt zwei davon.«

Die drei !!! sahen den Friseur verständnislos an.

Giovanni fuhr fort: »Pietro besitzt einen und ich; besser gesagt: ich *besaß* einen … Wir haben die Spiegel zur Einweihung unseres ersten Ladens von Freunden geschenkt bekommen. Es sollte ein kleiner Scherz sein. Wisst ihr, was das Motiv des Narziss bedeutet?«

Die drei !!! schüttelten die Köpfe.

»Narziss ist eine Figur aus der griechischen Mythologie. Er war ein wunderschöner junger Mann, der sich eines Tages unsterblich in sein eigenes Spiegelbild in einem Teich verliebt hat.

Das Ganze endete tragisch, aber das ist jetzt unwichtig. Heutzutage wird jemand, der sehr von sich überzeugt und etwas selbstverliebt ist, ›Narzisst‹ genannt.« Giovanni zwinkerte. »Ich kann nicht leugnen, dass ich mich selbst sehr gerne im Spiegel sehe. Und bei Pietro ist es genauso. Deshalb hat auch jeder seinen eigenen Spiegel bekommen. Narzissten teilen ungern das gleiche Spiegelbild, wenn ihr wisst, was ich meine.«

So richtig verstand Marie das Ganze nicht. Was war denn so komisch daran, sich selbst gerne im Spiegel zu betrachten und schön zu finden? Aber sie hatte jetzt keine Zeit, über den tragischen Jungen aus der griechischen Mythologie nachzudenken. Sie mussten in ihrem Fall vorankommen.

Leider tappten sie da noch ziemlich im Dunkeln.

Franzi starrte frustriert vor sich hin.

Kim zupfte wieder an ihrer Feder. Sie straffte die Schultern. »Lasst uns der Sache mit dem Zunftspiegel nachgehen. In der Liste steht, dass der Spiegel bei einer Haushaltsauflösung ersteigert wurde.«

Giovanni nickte. »Die alte Fabrikantenvilla im Ostviertel wird zu einer Kindertagesstätte umgebaut. Deshalb hat die Stadt Möbel und andere Gegenstände versteigert. Ich hatte zufällig davon in der Zeitung gelesen und bin hingegangen. Mir hat der Spiegel auf Anhieb gut gefallen und ich konnte ihn für eine geringe Summe ersteigern.«

Kim zückte ihren Notizblock und einen Bleistift. »Gibt es einen Ansprechpartner, den wir befragen könnten? Hast du vielleicht den Namen der Person, die damals die Auktion geleitet hat?«

Giovanni überlegte. Dann schüttelte er den Kopf. »Ich kann mich leider nicht mehr erinnern. Es war eine Frau … Aber warte mal. Ich habe die Quittung aufbewahrt. Da ist ihre Unterschrift drauf. Ich hole sie gleich.« Der Friseur verschwand in dem Nebenraum. Einige Minuten später erschien er mit einem abgewetzten Schuhkarton in den Händen. Rechnungen, Quittungen und Kontoauszüge quollen daraus hervor.

Marco zog eine Augenbraue hoch. Er lächelte Giovanni an. »An deiner Methode der Aufbewahrung wichtiger geschäftlicher Unterlagen müssen wir aber noch etwas feilen.«

Giovanni seufzte. »Meinst du wirklich?« Mit gezieltem Griff zog er ein zerknittertes Papier aus dem Karton. »Ich komme eigentlich ganz gut damit zurecht«, sagte er, während er es glatt strich. Er reichte es unter Marcos erstauntem Blick an Kim. »Das ist die Quittung für den Spiegel.«

Kim zwinkerte Giovanni zu. »Funktioniert wirklich gut, dein Schuhkarton-Archiv.« Dann beugte sie sich über die Unterschrift auf dem Papier. Vier Sekunden später wussten die drei Detektivinnen, dass eine *Marlene Feiler* den Spiegel an Giovanni verkauft hatte.

»Wir kümmern uns darum und halten euch auf dem Laufenden«, versprach Kim hastig. »Und jetzt muss ich dringend nach Hause zum Abendessen. Sonst gibt es Ärger mit meiner Mutter.«

Marie und Franzi nickten. Auch sie mussten jetzt wirklich nach Hause.

Kim räusperte sich. »Eine Frage hätte ich allerdings noch.« Sie sah Giovanni an.

»Ja, bitte?«

»Was macht ein Verkehrsspiegel mit rot-weißem Rahmen 25 Jahre lang auf deinem Küchenbord?«

Giovanni lief rot an. »Er war da nur etwa zehn Jahre.«

»Und davor?«

»Davor lag er versteckt im Schrank.«

»Ach. Warum das denn?«

Giovanni winkte ab. »Das ist doch wirklich nicht so wichtig.«

Kim zwinkerte. »Ich fände es interessant.«

»Also gut.« Der Friseur seufzte. »Den Spiegel habe ich damals bei uns im Dorf von der Kreuzung geklaut. Es war eine Mutprobe. Eine Jugendsünde. Ich war fünfzehn!«

Kim schüttelte tadelnd den Kopf.

Alle anderen brachen in schallendes Gelächter aus.

Die Spur der schwarzen Katze

Detektivtagebuch von Kim Jülich
Dienstag, 21:15 Uhr

Nachdem sich die von uns verdächtigte Person, Pietro Paranello, als unschuldig erwiesen hat, haben wir unsere Strategie geändert. Wir gehen der Spur eines bestimmten Spiegels aus dem Laden nach, der gestohlen wurde: dem ›Zunftspiegel‹, in dessen Rahmen Scheren und Haarlocken geschnitzt sind. Auffallend ist, dass er das einzige Exemplar ist, das erst vor kurzer Zeit gekauft wurde – nämlich bei einer Haushaltsauflösung. Giovanni ist später von einem Unbekannten vor diesem Spiegel gewarnt worden und Marco wurde von einem Mann gefragt, ob er das Stück verkaufen wolle. Alles sehr merkwürdig. Wir müssen jetzt Schritt für Schritt vorgehen. Wir werden morgen die Frau befragen, die den Spiegel verkauft hat. Ich habe vorhin im Online-Telefonbuch einen Eintrag mit einer Adresse im Ostviertel unter Carl und Marlene Feiler gefunden. Hoffentlich ist das die richtige Frau und wir kommen ein Stück weiter.

Ich habe Franzi und Marie sofort informiert. Wir haben unsere Aufräumaktion im Detektivschuppen verschoben und treffen uns stattdessen morgen Nachmittag direkt vor Ort und werden Frau Feiler gemeinsam befragen.

Geheimes Tagebuch von Kim Jülich
Dienstag 21:50 Uhr

Ben und Lukas: Finger weg von meinem Tagebuch, oder ich schieße euch mit einer Feuerwerksrakete aus Michis Werkstatt auf den Mars!!! Dies gilt übrigens auch für Franzi Winkler und Marie Grevenbroich!

Noch vier Tage bis Sonntag. Ich freue mich schon soooo auf den Nachmittag in Michis und Felipes pyrotechnischem Labor.

Ich habe eine Idee für die Fortsetzung meiner Schreibübung!

Fortsetzung: Mission Flammendes Inferno

Kimberly zog die Notfalldecke enger um Mike. Er hatte die Augen geschlossen und schien Schmerzen zu haben. Dennoch lag ein kleines Lächeln auf seinen Lippen. Sie fühlte seinen Puls. Alles in Ordnung!

Kimberly sah nach oben in den schwarzen Nachthimmel. Er war von Sternen überzogen, die wie kleine bengalische Lichter leuchteten. Eine Sternschnuppe durchquerte das Firmament – ein pyrotechnisches Meisterwerk der Natur, dachte Kimberly. Sie gab den Funkspruch für den Krankenwagen durch.

Ich bin todmüde, Fortsetzung folgt.

Marie ließ die mächtige Eingangstür der Villa hinter sich ins Schloss fallen. Sie sprang die Steintreppe hinunter und überquerte den runden gekiesten Vorplatz. Sie musste sich beeilen, wenn sie nicht zu spät bei der Adresse sein wollte, die Kim gestern Abend gesimst hatte.

Als Marie an dem alten verwitterten Springbrunnen in der Mitte des Platzes vorbeilief, musste sie lächeln. Er war bis zum Rand mit verrottetem Laub und Ästen gefüllt. Das Ganze sah aus wie ein riesiger Komposthaufen und passte überhaupt nicht in das Gesamtbild der gepflegten Anlage. Bevor sie zu viert in das wunderschöne große Haus mit den zwei Türmchen und den vielen Erkern eingezogen waren, hatten Tessa und Helmut es grundlegend innen und außen sanieren lassen. Sie hatten keine Kosten und Mühen gescheut, um aus der alten Villa ein schönes Zuhause zu machen. Das war ihnen wirklich gelungen.

Nur beim Springbrunnen hatten sie sich nicht einigen können. Helmut wollte ihn wieder instand setzen lassen und darin Koi-Karpfen halten. Tessa hielt das für totale Wasserverschwendung und wollte den Brunnen lieber mit Blumen bepflanzen oder ein Gemüsebeet darin anlegen.

Diese Idee fand Maries Vater nun wiederum nicht so gut.

Also war erst einmal gar nichts geschehen.

Marie wartete gespannt darauf, wer sich eines Tages durchsetzen würde.

Sie lief an den hohen Hecken und weiß gestrichenen Steinmauern vorbei, die die herrschaftlichen Villen im Ostviertel vor neugierigen Blicken abschirmten. Alles war vollkommen ruhig. Marie bog in eine Stichstraße ein. Die von Kim ermittelte Adresse lag nur drei Straßen von ihrer Villa entfernt. Nach fünf Minuten erreichte Marie eine breite Allee, die mit Platanen gesäumt war. An ihrem Ende musste das Haus liegen.

Kim und Franzi waren noch nicht da. Marie sah verwundert an dem großen Gebäude hinauf. Sie verglich die Hausnummer mit der in Kims SMS genannten Nummer. Sie stimmte. Hier sollte Marlene Feiler wohnen? Das vierstöckige Haus war ungefähr so alt, aber gut dreimal so groß wie die Villa, in der Marie mit ihrer Familie wohnte. Und es war ziemlich heruntergekommen. Die Dachziegel waren vollkommen mit Moos überwachsen, der Putz bröckelte in großen Flächen herunter und einige Fensterläden hingen schief in den Angeln. Die Fenster im Erdgeschoss waren sogar zugenagelt. Die Grünfläche um das Haus herum war jedoch in einem halbwegs guten Zustand.

Marie stapfte gerade auf die Eingangstür zu, als Kim und Franzi auf ihren Rädern heranrollten.

Kim sprang vom Rad. »Was? Das soll es sein? Hier wohnt Frau Feiler?«

»Bist du sicher, dass das die richtige Adresse ist?«, fragte Franzi.

Kim nickte. »Ja. Ich habe es genau überprüft!«

Marie wischte eine dicke Schicht Spinnweben vom Briefkasten neben der Haustür. »Hier ist ein Namensschild.« Sie versuchte die verwitterten Buchstaben auf der kleinen Bronzeplatte zu entziffern.

»Heribert Dahl«, las sie nach einer Weile vor. Marie stützte die Arme in die Hüfte. »Also, das ist schon mal der falsche Name. Außerdem wohnt hier mit Sicherheit niemand mehr.« Sie setzte sich auf die verwitterte Treppe vor dem Eingang.

Kim betrachtete nachdenklich das Klingelschild. Plötzlich lief sie zu einem der Rhododendronbüsche daneben. Sie bückte sich und zog ein zerknittertes Papier zwischen den Zweigen hervor. Die Schrift war nur leicht verwittert. Kim überflog den Text. »Das ist ja interessant«, murmelte sie. »Ihr werdet es nicht glauben. Das ist ein Flyer, mit dem für den 26. August zur Versteigerung des Inventars der Fabrikantenvilla von *Heribert Dahl* eingeladen wird.«

»Was? Zeig mal her.« Marie nahm den Zettel und las.

Franzi machte einen verwirrten Gesichtsausdruck. »Heißt das, wir befinden uns vor der Villa des Textilfabrikanten, in der Giovanni den Spiegel ersteigert hat? Warum ist Marlene Feiler denn unter dieser Adresse eingetragen? Sie hat die Sachen hier doch nur versteigert.«

»Das ist wirklich seltsam«, sagte Kim.

Die drei Detektivinnen sahen sich ratlos an.

Plötzlich tauchte eine kleine schwarze Katze zwischen den Blättern eines verwilderten Buchsbaums auf. Franzi war sofort abgelenkt und lockte das Tier herbei. »Komm mal her, Kleine. Ja, so ist es gut.« Sie streichelte die Katze, die augenblicklich zu schnurren begann.

Marie war immer wieder aufs Neue überrascht davon, wie gut ihre Freundin mit Tieren umgehen konnte. Es konnte nicht alleine daran liegen, dass Franzis Vater Tierarzt war und die Praxis sich im Haus befand. Franzi war einfach die geborene Tierflüsterin.

Die Katze strich um Franzis Beine und miaute leise. Dann lief sie ein Stück weiter. Franzi folgte ihr. »Na, wo willst du denn hin?« Das Tier blieb kurz stehen, um dann wieder ein Stück weiterzulaufen und hinter einer Hecke zu verschwinden. Franzi lugte dahinter. »Leute!«, rief sie. »Da ist noch ein Haus.«

Kim und Marie eilten herbei. Tatsächlich: In ungefähr zehn Metern Entfernung befand sich ein weiteres Haus mitten im Garten zwischen zwei alten, knorrigen Eichen.

»Na ja, Häuschen müsste man eher sagen«, verbesserte Kim. »Aber es ist dafür gut in Schuss und sieht bewohnt aus.«

»Das ist wahrscheinlich das alte Gärtnerhaus«, sagte Marie. »So etwas gibt es oft bei großen Anwesen. Der Gärtner wohnte auf dem Gelände, damit er jederzeit die Anlagen pflegen konnte.« Sie lief los. »Lasst es uns dort versuchen.«

Kim verstaute den Flyer in einer Plastikhülle in ihrem Rucksack.

Sie folgten einem mit Natursteinen ausgelegten Fußpfad, der zum Gärtnerhaus führte.

»Treffer«, sagte Marie nach einem Blick auf das Türschild.

»Familie Feiler.«

Sie klatschten sich ab.

»Und da heißt es, dass schwarze Katzen Unglück bringen«, meinte Marie fröhlich. »Das muss ich Giovanni erzählen: Diese Katze hat uns jedenfalls den richtigen Weg gezeigt!«

Kim und Franzi kicherten.

»Seid ihr bereit?«, fragte Marie. Dann drückte sie auf den Klingelknopf.

Das Schellen einer altmodischen Klingelanlage erklang aus dem Hausinneren. Eine Weile geschah nichts, dann hörten sie, wie jemand herangeschlurft kam. Die Haustür öffnete sich langsam. »Ja?«

Marie hatte erwartet, dass ihnen gleich eine

alte Frau gegenüberstehen würde. Jetzt war sie überrascht, dass es ein Mann war, der geöffnet hatte. Sie schätzte ihn auf Mitte 20 bis 30 Jahre. Er trug einen Jogginganzug und ein Basecap, unter dem halb lange Haare hervorschauten. Er sah die drei Mädchen müde an. »Was wollt ihr?«

»Einen schönen guten Tag«, sagte Marie gut gelaunt. Kim und Franzi nickten ebenfalls höflich.

»Ich hoffe, wir haben Sie nicht gestört. Aber wir würden gerne mit Frau Marlene Feiler sprechen«, fuhr Marie immer noch lächelnd fort. »Ist sie denn da?«

»Nein.« Der Mann schüttelte den Kopf. Er nahm das Basecap ab und strich sich die dunkelblonden Haare zurück. »Meine Mutter ist nicht da.« Er setzte die Kappe wieder auf.

Marie hatte einen kurzen Moment aufgehört zu lächeln, riss sich aber jetzt wieder zusammen. »Ja, dann«, sagte sie schulterzuckend.

»Was wollt ihr denn von ihr?«

»Ähm«, machte Marie.

Kim wurde ungeduldig. Das ging hier gerade nicht so voran, wie sie es sonst von ihrer Freundin gewohnt war. Schnell sagte sie daher: »Wir brauchen eine Information von Ihrer Mutter, wi…«

»Nein! Wir haben uns geirrt«, fiel Marie ihr ins Wort. Gleichzeitig gab sie Kim einen Stoß in den Rücken. »Entschuldigen Sie die Störung, schönen Tag noch!«

Marie lächelte hastig, hakte ihre Freundinnen rechts und links unter und zog sie weg.

Der Mann schüttelte kurz den Kopf. Marie meinte etwas zu hören, das wie *Weiber*! klang, dann knallte er die Tür zu.

Kim schüttelte Maries Arm ab. »Sag mal, spinnst du?«, rief sie verärgert. »Was sollte das denn eben?«

»Das wüsste ich auch gerne«, sagte Franzi.

»Kommt, wir verschwinden erst mal von hier«, zischte Marie. Franzi und Kim sahen sich alarmiert an.

Als sie wieder vor der Fabrikantenvilla standen, verkündete Marie mit bebender Stimme: »Das war der Typ, der nach dem Zunftspiegel gefragt hat! Der, der am gleichen Tag wie ich bei Giovanni war und die Haare von Louis geschnitten bekommen hat!«

»Woher weißt du das?«, fragte Franzi. »Ich dachte, du hättest ihn im Salon gar nicht richtig gesehen?«

Kim nickte mechanisch. »Woher weißt du so sicher, dass er es ist?«

»Marco hat ja eine recht brauchbare Personenbeschreibung geliefert«, antwortete Marie. »Und ich habe den Mann im Laden kurz von hinten gesehen, allerdings mit nassen Haaren.«

Sie kickte einen Stein zur Seite. »Aber das allein hätte nicht gereicht. Es war das Pflaster an seinem Ohr, das mich darauf gebracht hat.«

Franzi sah verständnislos drein. »Welches Pflaster?!«

»Man hat es nur kurz gesehen, als er die Mütze abgenommen und die Haare zurückgestrichen hat«, sagte Kim. »Aber ich verstehe immer noch nicht den Zusammenhang …«

»Louis, der Lehrling, hat ihm damals aus Versehen ins Ohr geschnitten und ihn dann verpflastert. Ich habe mich eben erst wieder daran erinnert.«

Franzi blieb der Mund offen stehen.

Marie blickte grimmig. »Leute, das kann kein Zufall sein. Alles spricht dafür, dass wir soeben Kontakt zu dem Mann hatten, der irgendetwas mit dem Zunftspiegel zu tun hat. Was auch immer es ist.«

Kim nickte anerkennend. »Unter diesen Umständen war deine Reaktion genau richtig.« Sie rieb sich den Rücken. »Auch, wenn ich jetzt einen großen blauen Fleck bekomme.«

»Es tut mir leid«, erwiderte Marie. Dann grinste sie. »Detektivarbeit ist eben manchmal auch schmerzhaft.« Sie wehrte Kim geschickt ab, die sie gerade durchkitzeln wollte. »Anstatt Rache an mir zu üben, solltest du dir lieber Gedanken machen, wie wir jetzt weiter vorgehen.«

Kim war von dieser Ansage so überrascht, dass sie tatsächlich innehielt. Sofort schaltete sie in den Detektivmodus um: »Wir müssen ihn beschatten. Jetzt sofort.«

Ihre Freundinnen stimmten zu. Sie versteckten die beiden Fahrräder im Laub. Dann schlichen sie im Schutz der Rhododendronbüsche zurück zum Gärtnerhaus. Sie sahen sich um. Einen Steinwurf entfernt von dem Häuschen gab es einen alten Schuppen. Er stand windschief im kniehohen Gras.

Franzi gab ein Zeichen. Die drei Mädchen robbten flach auf dem Boden liegend auf den Schuppen zu und versteckten sich hinter einem Stapel Brennholz. Von hier aus hatten sie ungehinderte Sicht auf den Eingangsbereich des Gärtnerhauses.

»Hoffentlich tut sich bald etwas«, murmelte Marie. Sie lehnte sich an den Holzstapel und zog ihr Handy aus der Tasche. Franzi sah sie vorwurfsvoll an. »Und so willst du einen Verdächtigen konzentriert beobachten?«

Marie steckte das Handy kommentarlos ein. Sie reckte den Hals. »Er scheint fernzusehen. Es flimmert im Fenster.«

Es dauerte fast eine Stunde, bis sich etwas tat. Die drei Mädchen überlegten gerade, dass sie am nächsten Tag wiederkommen würden, als sich die Tür öffnete. Der Mann im Jogginganzug trat hinaus und lief zielstrebig auf den Schuppen zu.

Kim krallte ihre Hand in Maries Arm.

Franzi unterdrückte einen Aufschrei. »Verdammt, er hat uns entdeckt«, flüsterte sie. »Er kommt direkt auf uns zu!«

Sie warfen sich panische Blicke zu.

Doch der Mann lief in einem halben Meter Abstand an den drei Mädchen vorbei, ohne sie wahrzunehmen. Sie atmeten erleichtert aus. Dann hörten sie ein paar dumpfe Schläge. Sie sahen sich alarmiert an. Der Mann fluchte leise, ein erneuter Schlag erklang, dann donnerte etwas gegen die Wand des Schuppens. Marie riskierte einen kurzen Blick um die Ecke. Als sie ihren Kopf zurückgezogen hatte, flüsterte sie ihren Freundinnen zu: »Das war die Tür. Der Riegel müsste eindeutig mal geölt werden.«

Ein Quietschen folgte, dann knarrten Holzdielen unter schweren Schritten. Der Mann war im Geräteschuppen.

Marie zeigte nach oben. »Direkt über uns ist ein Fenster. Wir können ihn beobachten. Los!«

Sie richteten sich langsam an der Wand auf.

Kim warf einen Blick durch das verschmierte Fenster.

Nach einer Weile zischte sie: »Das gibt es ja nicht!« Sie duckte sich schnell wieder zur Seite.

»Was?«, fragten Marie und Franzi wie aus einem Munde.

Kim schluckte. Dann flüsterte sie: »Der Typ hat den Zunftspiegel!«

Aufbruch zum Einbruch

»Und er zerlegt ihn gerade in seine Einzelteile«, murmelte Marie, die sich sofort auf Beobachtungsposten begeben hatte.

»Er macht ihn kaputt?«, flüsterte Franzi entsetzt. »Was soll das?« Sie stellte sich neben Marie und sah ebenfalls durch das Fenster. »Ich glaube, dahinten sind die anderen Spiegel.«

Tatsächlich, Marie sah, dass in einer Ecke des Schuppens mehrere Rahmen an die Wand gelehnt waren. An einem glitzerte etwas. War das der Sternenschweif-Spiegel?

»Vorsicht, runter!«, zischte Kim. »Ich habe ein Auto gehört.« Sie kauerten sich hinter dem Holzstapel zusammen. Marie betrachtete ihre helle Jeans, die an beiden Knien hässliche grüne Flecken aufwies. Sie runzelte die Stirn. »Die kriege ich im Leben nicht wieder sauber«, flüsterte sie verärgert.

»Du hast vielleicht Sorgen!«, murmelte Franzi. Sie lugte hinter dem Holzstapel hervor.

Gerade noch rechtzeitig konnte sie ihren Kopf zurückziehen: Der Mann im Jogginganzug stürzte zur Tür heraus, schlug sie zu und donnerte mit zwei Schlägen den rostigen Riegel zu. Er legte einen Spurt zum Gartenhaus hin und verschwand darin.

Die drei !!! sahen sich fragend an.

Ein dunkelblaues Auto kam im Carport neben dem Haus zu stehen. Ein Mann und eine Frau stiegen aus. Kim prägte sich die Personenbeschreibung ein: Beide waren circa 60 Jahre alt. Der Mann war weißhaarig, ungefähr 1,70 Meter groß, schlank, in dunkelblauem Anzug. Die Frau, einen Kopf kleiner, hatte silbergraues Haar, eine drahtige Figur und trug eine schwarze Stoffhose und eine hellgraue Strickjacke über einer bunt gemusterten Bluse.

Zwei Autotüren schlugen zu.

Das Paar lief zum Eingang. Der Mann sagte nach einem Blick zu einem der Fenster: »Max hängt mal wieder vor dem Fernseher.« Kopfschüttelnd schloss er auf.

Die Frau seufzte. »Ach Carl, lass ihn doch. Solange er zu Hause ist, macht er wenigstens keinen Unfug.«

Die beiden traten ein.

Franzi schüttelte den Kopf. »Wenn sie sich da mal nicht getäuscht hat.«

»Kann mir jemand erklären, was hier los ist?«, flüsterte Marie. »Der Typ klaut und versteckt einen Spiegel, den seine Mutter bei einer

Haushaltsauflösung versteigert hat. Was soll das?«

»Das wüsste ich auch gerne«, antwortete Kim. Sie richtete sich vorsichtig auf und spähte um die Ecke. »Lasst uns den Rückzug antreten und das weitere Vorgehen besprechen.«

Marie nickte. »Wir können gleich eine außerordentliche Clubsitzung bei mir abhalten. Es ist niemand da, Papa und Tessa sind beim Nachtdreh und Lina übernachtet heute bei ihrer Freundin Carla.«

Kim und Franzi stimmten sofort zu.

Sie schafften es, unbemerkt bis zum schmalen Weg zurückzurobben. Vor der Fabrikantenvilla zogen sie die Fahrräder unter dem Laub hervor und machten sich auf den Weg.

»Ich blicke da nicht mehr durch«, sagte Kim. Sie zupfte an den Fransen des flauschigen Teppichs, auf dem sie in Maries Zimmer saßen.

Marie öffnete eine Flasche Cola und schenkte ein. Sie verteilte die Gläser. »An dem Zunftspiegel muss irgendetwas Besonderes sein. Dieser Max Feiler hat ziemlich verzweifelt ausgesehen, als er vor den Einzelteilen stand. Er scheint also auch nicht genau zu wissen, was es ist.«

Franzi nahm einen Schluck Cola. »Wir könnten Marlene Feiler abfangen und befragen.«

»Das ist doch viel zu gefährlich. Was ist, wenn der Sohn es mitbekommt?«, sagte Kim sofort.

Marie ließ den Inhalt einer großen Tüte Kartoffelchips in eine Glasschüssel rieseln. »Dann müssen wir uns halt selbst schlaumachen.« Sie zerknüllte die Tüte energisch, stand auf und warf sie in den Papierkorb. Dann griff sie sich den Laptop vom Schreibtisch.

Kim nahm sich eine Handvoll Chips. »Aber wonach sollen wir im Internet suchen?«, nuschelte sie. »Willst du das Stichwort ›Zunftspiegel‹ eingeben und dann einfach mal weitersehen?«

Marie zog eine Augenbraue hoch, während sie konzentriert auf den Bildschirm sah. »Ja, klar. Plus ›Giovanni‹. Und schon ist der Fall gelöst.« Sie warf Kim einen vorwurfsvollen Blick zu. »Mensch, Kim, wer ist denn hier sonst die Expertin für Recherchen?!«

Kim nahm sich eine weitere Portion Chips. »Ja, aber ...«

»Es ist doch ganz einfach. Wir müssen nur den Zeitungsartikel über die Auktion finden, von dem Giovanni erzählt hat.« Marie tippte und scrollte weiter. »Sie hat am 26. August stattgefunden.«

»Das hast du dir gemerkt?«, sagte Franzi anerkennend. »Ich wollte gerade auf dem Flyer nachsehen.«

Maries Wangen röteten sich leicht. »Da hat Holger Geburtstag ...«

Kim und Franzi grinsten.

»Es gibt nur ein Problem«, gab Kim zu bedenken.

Marie nickte. »Du meinst, dass der Artikel einige Tage vor dem Auktionstermin erschienen ist. Klar.« Marie tippte weiter. »Wir müssen eben einige Ausgaben davor durchsuchen.«

»Nein, ich meinte eher …«

»Mist!«, rief Marie.

»… dass das jetzt über sechs Wochen her ist«, fuhr Kim fort. »Diese Ausgaben stehen nicht mehr online. Die muss man beim Zeitungsverlag bestellen. Es kostet natürlich etwas. Und vor allem muss man genau wissen, welchen Artikel man will.«

Marie nickte. »Genauso steht es hier.« Sie sah enttäuscht auf. »Das hatte ich mir leichter vorgestellt.«

»Deswegen recherchiere ich so oft in der Bibliothek«, sagte Kim. »Dort gibt es die Ausgaben der Tageszeitungen der letzten Jahrzehnte im Zeitungsarchiv. Entweder in Papierform oder auf Mikrofilm.« Sie setzte sich halb auf. »Kein Problem, ich fahr hin und erledige das.«

»Wartet«, rief Marie. Sie schlug sich die Hand vor die Stirn. »Dass ich da nicht eher draufgekommen bin.«

Ihre Freundinnen sahen sie gespannt an.

Maries Augen blitzten. »Kommt mit, ich zeige

euch etwas.« Sie lief, gefolgt von ihren Freundinnen, die Treppen hinunter und bog im Flur zum Wohnzimmer ab. Kim und Franzi betrachteten ehrfürchtig den weiten, hohen Raum. Ausgesuchte Designmöbel, eine weiße Couchlandschaft und ein schwarzer Flügel verliehen ihm Eleganz und etwas ganz Außergewöhnliches.

»Ihr habt es hier wirklich schön«, sagte Franzi leise.

Marie lächelte. »Ja, wir fühlen uns auch sehr wohl!« Sie lief durch den Raum ins angrenzende Esszimmer. Ein langer Esstisch mit einer blauen Glasplatte dominierte den Raum. Zwei Kaffeetassen standen darauf und etliche Drehbücher, Zeitungen und Zeitschriften lagen verstreut da.

Marie grinste. »Tessa und Helmut hatten es vorhin etwas eilig, zum Filmset zu kommen.« Sie umrundete den Tisch und blieb vor einem Sideboard stehen. »Guckt mal, da!«

Zwischen einer großen Zimmerpalme in elegantem Übertopf und einer silbernen Stehlampe befand sich ein hüfthoher, unordentlicher Stapel von Zeitungen und Zeitschriften auf dem Boden. Er neigte sich bedrohlich zur Seite.

»Was macht ihr denn damit?«, wollte Franzi wissen. Sie kicherte. »Das sieht fast so aus wie bei uns auf der Küchenbank!«

Kim beugte sich zu dem Stapel. »Dazu müssten aber noch ein paar Reitkappen, Jacken,

Strickzeug und anderes Gerümpel dazwischenliegen«, scherzte sie.

»Das ist das Zeitungsarchiv der Familie Grevenbroich-Beckmann in der Villa Kunterbunt«, sagte Marie. »Mein Vater lässt die Zeitungen immer über mehrere Wochen liegen, weil er irgendwelche Artikel findet, die er unbedingt später in Ruhe lesen will. Aber dann vergisst er es immer wieder.« Marie zuckte mit den Schultern. »Ungefähr alle drei Monate kriegt Tessa die Krise und räumt den Stapel raus. Dann kriegt Papa die Krise. Und dann fängt alles wieder von vorne an.«

»Klingt anstrengend«, meinte Franzi. »Ist aber ein echter Glücksfall für uns.«

Sie machten sich an die Arbeit. Nach etwas mehr als einer halben Stunde rief Kim: »Ich hab ihn!« Sie hielt einen Lokalteil mit einem halbseitigen Artikel hoch. Die Überschrift lautete: *Auktion in der alten Dahl-Fabrikantenvilla soll helfen, die neue Kindertagesstätte zu finanzieren.*

Franzi und Marie setzten sich neben Kim.

»Das ist mehr, als ich erwartet hatte«, sagte Marie.

»Es sind sogar zwei Fotos dabei«, stellte Kim begeistert fest. »Das eine zeigt den Textilfabrikanten Heribert Dahl im Alter von 50 Jahren in seiner Bibliothek und das andere laut Bildunterschrift die Eingangshalle der Villa.« Kim beugte sich interessiert über das eine Foto. »Sieht ganz schön vornehm aus. Da gibt es sogar eine Dienstbotenrufanlage.« Sie tippte auf einen Kasten mit neun kleinen Fenstern. Franzi rückte näher heran. »Was soll das denn sein? Da sind irgendwelche schwarzen Punkte drauf.«

»Die Punkte sind Zahlen – man kann sie auf dem Bild nur nicht genau erkennen. Jede Zahl ist einem Zimmer oder Bereich der Villa zugeordnet. Wenn der Hausherr einen seiner Bediensteten rufen wollte, drückte er auf einen Knopf in seinem Zimmer und die entsprechende Nummer leuchtete unten in der Halle auf. Es funktioniert irgendwie elektromechanisch.« Kim hing jetzt fast mit der Nasenspitze an dem Foto dran. »Das Personal wusste dann, wo es gebraucht wurde.«

Franzi schüttelte den Kopf. »Irgendwie abartig.«

Plötzlich zuckte Kim zusammen. »Leute, ich bin nicht sicher, aber über der Anlage könnte unser Spiegel hängen.« Aufgeregt tippte sie auf einen kleinen dunklen Ausschnitt im oberen Drittel des Fotos. »Das könnte der gemusterte Rahmen sein.« Sie sprang auf. »Ich hole sofort meine Lupe. Ich habe sie im Rucksack in Maries Zimmer.«

Als Kim zwei Minuten später die Lupe über das Foto hielt, konnten die drei Detektivinnen tatsächlich eindeutig den Zunftspiegel identifizieren.

»Ich frage mich nur, warum ein Textilfabrikant sich einen Friseurspiegel in den Flur hängt.« Franzi zuckte mit den Schultern. Sie überflog die wenigen Zeilen neben dem Porträt von Heribert Dahl. »Hier steht, dass er sehr zurückgezogen gelebt hat, aber ein weltoffener und gebildeter Mensch war, der einen Hang zu Erfindungen und Tüfteleien hatte. Einige Einrichtungsgegenstände wurden eigens von ihm entworfen und in Auftrag gegeben.«

Kim horchte auf »Erinnert ihr euch? Giovanni hat gesagt, dass der Spiegel eine Einzelanfertigung ist. Wahrscheinlich hat ihn Heribert Dahl eigenhändig entworfen.«

Franzi seufzte. »Ein Textilfabrikant hat eine heimliche Vorliebe fürs Friseurhandwerk und gibt deshalb so einen Spiegel in Auftrag. Etwas verschroben ist das schon.«

Kim besah sich das Bild des Fabrikanten mit der Lupe. »Er sieht aber ganz normal aus, ein bisschen verkniffen vielleicht.« Sie betrachtete die Bücher in dem großen Regal hinter ihm. »Was für eine tolle Bibliothek! Alle Bände von *Jules Verne* sind dabei, *Herr der Ringe*, der komplette *Sherlock Holmes*, diverse *Agatha Christie*-Krimis …«

Franzi knuffte Kim in die Seite. »Ich glaube

nicht, dass uns die Bücher von Herrn Dahl in unserem Fall weiterbringen.« Kim riss widerwillig den Blick von der Bibliothek.

»Wir sollten uns den Artikel vornehmen«, sagte Marie. Sie begann laut vorzulesen. Kim machte währenddessen Notizen am Rand eines Zeitungsblatts.

»Gut«, verkündete Kim, als Marie die letzte Zeile gelesen hatte. »Ich fasse zusammen: Die Versteigerung des Mobiliars aus der alten Fabrikantenvilla wurde von der Stadt organisiert. Die Villa ist bereits vor zehn Jahren – ich wiederhole: 10! Jahren – als Erbe an die Stadt gefallen, als der Besitzer, Heribert Dahl, mit 80 Jahren verstarb. Heribert Dahl hatte keine Verwandten und keine Freunde und lebte, nachdem er mit 70 Jahren seine kleine Textilfabrik am Rand der Stadt verkauft hatte, sehr zurückgezogen. Offensichtlich ließ die Stadt das Gebäude jahrelang ungenutzt stehen, weil kein Geld für die Renovierung vorhanden war und man sich über die Nutzung nicht einig werden konnte. Vor einem Vierteljahr hat der Stadtrat beschlossen, dass eine Kindertagesstätte dort einziehen soll. Im Zuge dessen sollen Teile der Inneneinrichtung versteigert werden, um Platz zu schaffen und zusätzlich Geld einzunehmen. Der Artikel endet mit dem dringenden Aufruf an die Bürger unserer Stadt, zahlreich zur Auktion am 26.08.

zu erscheinen, ein Schnäppchen zu machen und damit gleichzeitig die Kita zu unterstützen. Dabei wird noch erwähnt, wie froh man ist, dass man nun eine so außerordentlich gute Nutzung für das alte Erbe gefunden hat.«

Kim hielt inne. »Habe ich etwas vergessen?«

»Ich glaube nicht«, sagte Franzi.

Auch Marie schüttelte den Kopf. »Aber bringt uns das jetzt weiter?!«

Die drei Detektivinnen schwiegen nachdenklich.

Kim faltete den Zeitungsartikel und schob ihn in ihr Detektivheft im Rucksack. Sie sah ihre Freundinnen an. »Ich glaube, wir müssen den Spiegel eigenhändig untersuchen. Sonst kommen wir hier einfach nicht vorwärts.«

»Du meinst ...«, setzte Marie an.

»Wir gehen heute Nacht in den Geräteschuppen und klauen den geklauten Spiegel zurück. Dann sehen wir weiter.« Kim rieb die Hände aneinander. Man sah ihr an, dass ihr bei der Sache nicht ganz wohl war.

»Ich finde die Idee gut«, meinte Franzi unbekümmert. »Du sagst es ja selbst: Der Spiegel gehört schließlich nicht diesem Max. Er hat ihn geklaut.«

Marie stimmte zu: »Genau. Es ist eine Art Notwehr.«

Kim atmete tief durch. »Ich hätte nie gedacht,

dass so ein Vorschlag mal von mir kommen würde. Aber ich weiß mir gerade auch nicht anders zu helfen.«

»Dann müssen wir nur noch ein kleines praktisches Problem lösen«, merkte Franzi an. »Ich komme heute Nacht niemals unbemerkt aus unserem Haus raus. Die Gefahr, dass Stefan oder Chrissie von einer Party zurückkommen und mich sehen, ist viel zu groß. Oder noch schlimmer: Papa wird zu einer nächtlichen Fohlengeburt gerufen und wir treffen uns im Hauseingang. Dann ist der Teufel los.«

»Bei mir ist das auch nicht so leicht.« Kim zog die Stirn in Falten. »Wenn meine Mutter eine Klassenarbeit korrigiert, bleibt sie manchmal bis weit nach Mitternacht auf. An ihrem Arbeitszimmer komme ich niemals unbemerkt vorbei.«

Marie grinste. »Das Problem ist schon gelöst!«

»Prima«, sagte Franzi. »Weihst du Kim und mich auch noch ein?«

»Mir ist eben eingefallen, dass ich in der Villa immer so schlecht träume, wenn Tessa und Papa nicht da sind«, sagte Marie mit weinerlicher Stimme. »Sie kommen heute erst in den frühen Morgenstunden vom Nachtdreh zurück. Auch meine geliebte Stiefschwester ist nicht da. Ich brauche euch dringend bei mir! Ihr müsst unbedingt heute bei mir übernachten.« Marie wischte sich eine Träne aus dem Augenwinkel.

Dann zwinkerte sie. »Wenn ihr eure Eltern nicht überzeugen könnt, telefoniere ich persönlich mit ihnen.«

Franzi lachte. »Die Vorstellung war perfekt. Du bist einfach die geborene Schauspielerin.«

»Aber wir sollten es nicht übertreiben«, warnte Kim grinsend. »Meine Mutter ist in der Lage und informiert das Jugendamt.«

Zwei Stunden später standen Kim und Franzi mit Übernachtungsgepäck wieder bei Marie vor der Tür. Beide hatten ihre Eltern überzeugen können, dass sie unbedingt bei Marie sein mussten. Kim hatte sich gewundert, wie schnell ihre Mutter zugestimmt hatte. Vielleicht hatte es daran gelegen, dass sie gerade dabei war, die Trümmer einer Bodenvase zusammenzufegen, die die Zwillinge aus Versehen mit ihrem Fußball abgeschossen hatten.

»Super!«, rief Marie und zog ihre Freundinnen zur Tür herein. »Ich wusste, dass es funktionieren würde. Ich habe uns einen Ingwer-Limetten-Tee gekocht und ein paar gefüllte Blätterteigtaschen gebrutzelt. So müssten wir die nächsten drei Stunden überstehen.«

Kim und Franzi staunten nicht schlecht, als sie Maries Zimmer betraten. Sie hatte Dutzende von Kerzen angezündet, ein Song ihrer Lieblingsgruppe *Boyzzzz* lief und eine weiße Tischdecke war auf dem Boden vor dem Kuschelteppich ausgebreitet. Darauf stand eine große Servierplatte mit duftenden, knusprigen Gebäcktaschen, Teller, Becher, Besteck, Gläser, eine Kanne Tee und zwei Flaschen Cola. Drum herum lagen bunte Sitzkissen.

Franzi ließ ihren Schlafsack in die Ecke fallen. »Das nenne ich eine gelungene Überraschung! Danke!«

Kim nickte. »Du bist ein Schatz, Marie!«

Sie kuschelten sich in die Kissen und griffen zu.

»So gefällt mir die Detektivarbeit noch besser«, schwärmte Kim. Sie biss von einem mit Hackfleisch gefüllten Röllchen ab und ließ es auf der Zunge zergehen. »Lecker!«

»Spezialrezept von Tessa«, sagte Marie. »Um ehrlich zu sein, habe ich die Dinger nur aufgetaut und im Ofen aufgebacken.«

»Aber das mit Liebe«, sagte Franzi grinsend. Sie wischte sich den Mund mit einer Serviette ab. »Und jetzt brauche ich dringend ein Glas Cola.«

Sie aßen, tranken und erzählten. Und plötzlich piepte der Wecker, den Marie vorsorglich gestellt hatte.

»23:00 Uhr!«, rief sie. »Aufbruch zum Einbruch!«

Die drei Detektivinnen nickten sich zu. Für

manches brauchten sie mittlerweile keine Worte mehr. Dafür kannten sie sich schon lange genug.

Sie rückten dicht zusammen und legten ihre Hände aufeinander. Dann riefen sie aus voller Kehle: »Die drei !!!.«

Kim sagte: »Eins!«

Franzi folgte mit: »Zwei!«

Marie rief: »Drei!«

Schließlich streckten sie die Arme in die Höhe und riefen gemeinsam: »Power!!!«

Alle drei Mädchen spürten sofort die warme Energie, die wohltuend durch ihren Körper strömte. Der Powerspruch, den sie vor wichtigen Ermittlungsschritten aufsagten, hatte noch nie seine Wirkung verfehlt.

Es konnte losgehen!

Schatten an der Wand

Lautlos schlichen die drei Detektivinnen durch die Nacht. Marie hatte Kim und Franzi davor gewarnt, zu nahe an eine der Mauern oder Zäune, die die Villen im Ostviertel umgaben, zu kommen: Fast überall waren Lichtsensoren montiert. Sie schafften es unbemerkt bis zur alten Fabrikantenvilla am Ende der Platanenallee. Trockenes Laub raschelte unter ihren Füßen. Das mächtige Gebäude hob sich als schwarze Silhouette gegen den fahl leuchtenden Mond ab. Die knorrigen Äste der Platanen schienen nach ihm zu greifen.

Kim zog die Kapuze enger. Sie fröstelte. »Was für eine bescheuerte Idee, hier nachts alleine herumzulaufen.« Sie tastete unauffällig nach ihrem Handy. Im Speicher war eine Notfall-SMS, die sie bei Bedarf schnell an Kommissar Peters abschicken konnte. Ob er nachts das SMS-Signal hören würde, war natürlich fraglich …

Franzi stupste sie in die Seite. »Jetzt mach bloß keinen Rückzieher«, mahnte sie. Aber auch ihre Stimme klang ein wenig zittrig.

Der Wind bauschte die große leere Tasche, die Marie über der Schulter trug. Sie knüllte sie zusammen und schob sie unter ihren Kapuzenpulli. »Mädels, vorwärts geht's!«

Sie pirschten sich an das Gärtnerhaus heran. Der Carport war leer. Im oberen Stockwerk war wieder das Flimmern eines Fernsehers zu sehen. Durch das gekippte Fenster drangen dumpf die Geräusche einer grölenden Menschenmenge und einer Stimme, die etwas kommentierte.

Kim sah nach oben. »Hoffentlich kommt Max nicht auf die Idee, den Spiegel noch mal bei Nacht zu untersuchen«, wisperte sie.

Franzi schüttelte den Kopf. »Solange die *Champions League* übertragen wird, bleibt er bestimmt in seinem Sessel sitzen.« Marie war in der Zwischenzeit zum Geräteschuppen geschlichen. Kim und Franzi folgten ihr.

Marie nestelte an einer der Taschen ihres Kapuzenpullis.

»Dein Dietrichset brauchst du heute nicht«, flüsterte Franzi. Sie deutete auf den einfachen Schiebe-Riegel an der verwitterten Tür. »Da ist kein Schloss dran. Man muss einfach nur –« Verwundert hielt sie inne. »Er klemmt!«

»Das haben wir doch heute Nachmittag mitbekommen«, sagte Marie leise. »Erinnerst du dich nicht mehr?«

»Verdammt. Daran habe ich nicht mehr gedacht.«

Kim knetete nervös ihre Hände »Aber wir können nicht dagegenhämmern, wie es dieser Max gemacht hat. Das weckt das gesamte Viertel.« Sie sah ihre Freundinnen verzweifelt an.

Marie hielt eine Sprühdose hoch. »Mit Hochleistungs-Rostlöser alles kein Problem.«

»Du bist spitze«, flüsterte Kim. »Wo hast du den her?«

Marie lächelte. »Die Handwerker haben in den letzten Monaten so einiges in der Villa liegen gelassen.« Sie sprühte den Riegel großzügig ein. »Wie man sieht, ist vieles davon noch gut zu gebrauchen.«

Nach einer Minute konnte Marie den Metallschieber etwas bewegen. Nach weiteren zwei Minuten glitt er auf leichten Druck hin geräuschlos auf.

Die drei !!! schlüpften in den Geräteschuppen. Sie streiften Handschuhe über und knipsten ihre Mini-Taschenlampen an. Vorsichtig leuchteten sie den Raum aus. Es gab eine Werkbank mit diversen Werkzeugen, einen Holzschrank und eine Wandleiste, an der Gartengeräte hingen. Alte Blumentöpfe und -kästen waren darunter gestapelt. Über allem lag ein leichter Geruch nach Terpentin und Staub.

»Hier in der Nische«, zischte Kim. Sie lief zu

dem Schrank. Im Spalt zwischen Wand und Möbel war etwas unter einem alten Jutesack verborgen. Kim zog ihn weg. Mehrere Spiegel kamen zum Vorschein!

Die vier Rahmenleisten des Zunftspiegels lagen lose obenauf. Die Spiegelfläche war von der rückseitigen Holzplatte entfernt worden. Beides lehnte ebenfalls an der Wand.

Marie zog den XXL-Shopper hervor. Bevor sie die Teile einpackte, untersuchte sie sie flüchtig. »Das ist eine saubere Schnitzarbeit. Da hat sich jemand sehr viel Mühe gemacht, die Details herauszuarbeiten. Aber ich kann keine geheimen Mechanismen oder Fächer erkennen.«

»Wir müssen uns das in Ruhe zu Hause ansehen«, sagte Franzi. Sie hielt die Tasche auf und Marie verstaute die Teile darin. »Und jetzt: Nichts wie weg hier! Um die anderen Spiegel kümmern wir uns später.«

»Wartet mal!« Kim hielt ein kleines, abgegriffenes Buch in der Hand. »Das lag aufgeschlagen auf der Werkbank. Jemand hat etwas notiert. Ein Gedicht. Es beginnt mit *Spieglein, Spieglein an der Wand* …« Kim sah zu ihren Freundinnen. »Wenn das mal kein merkwürdiger Zufall ist!«

Franzi und Marie nickten erstaunt.

Sie sahen sich das Heft genauer an. Auf der Innenseite des Deckels war mit blauer Tinte ein

Name eingetragen. »Heribert Dahl!«, flüsterte Kim überrascht. Sie blätterte. »Das ist das Tagebuch des Textilfabrikanten!«

»Wie kommt das denn hierher?«, fragte Franzi.

»Das wüsste ich auch gerne«, murmelte Kim. Sie las einige Zeilen. »Es sind ganz normale Tagebucheinträge, soweit ich es überblicke. Hier schreibt er, dass er einen langen Spaziergang gemacht hat. Dort, dass er ein spannendes Buch gelesen hat.« Kim blätterte weiter. »Das Gedicht ist der letzte Eintrag.«

»Und du sagst, das Heft lag auf dieser Seite geöffnet da?«, wollte Marie wissen.

Kim nickte. »Max Feiler muss es gelesen haben. Wo auch immer er das Tagebuch herhat.«

Sie beugten sich über die letzte Seite und lasen im Licht der Taschenlampe:

Spieglein, Spieglein an der Wand,
alles ist in sich'rer Hand.
Licht und Schatten – dunkles Land,
dessen Sprache ich verwandt.
Sieh die Zeichen auf dem Rand,
großes Glück ist dort gebannt.
Machen Zahlen dir bekannt
als des Pfeiles Unterpfand.
Was oben mit unten verband,
zeigt sich in neuem Gewand.

Und der Schatz aus hohem Stand
gehört dem, der die Lösung fand.
Gez. der Fabrikant

Sie sahen sich ratlos an. Franzi winkte ab. »Rätselreime waren mir immer schon ein Graus. Ich bekomme so was nicht raus.«

»Das hast du jetzt aber schön gereimt«, merkte Marie an.

Sie kicherten leise.

Kim wuschelte sich durch die Haare. »Jetzt mal im Ernst: Die ersten zwei Zeilen bestätigen, dass der Spiegel irgendetwas verbirgt oder beschützt: *in sich'rer Hand.*«

Marie nickte. Sie pustete sich eine Haarsträhne aus dem Gesicht und dachte angestrengt nach. *Licht und Schatten – dunkles Land, dessen Sprache ich verwandt.* An was erinnerte sie das? »Licht, Schatten, Sprache«, murmelte sie vor sich hin. Plötzlich erschien vor ihrem inneren Auge die *Maske des Roten Todes,* der verzerrte Schatten mit dem messerscharfen Schnabel, den Lina für ihre Schul-AG produziert hatte. »Schattentheater!«, sagte Marie halblaut.

»Wie bitte?« Franzi sah sie verständnislos an.

Kims Augen begannen im Taschenlampenlicht zu blitzen. »Ich weiß, was du meinst. Es könnte sein, dass bei Lichteinfall die geschnitzten Gegenstände auf dem Rahmen bestimmte

Schatten werfen, die auf etwas hinweisen. Vielleicht ergeben sie eine Geheimbotschaft.« Sie holte ein Rahmenteil aus der Tasche und ließ den schmalen Kegel ihrer Stablampe darauf fallen. »Es ist eine verrückte Idee, aber wir müssen uns an jeden Strohhalm klammern.« Kim zog das Gedicht näher ins Taschenlampenlicht. »*Sieh die Zeichen auf dem Rand – großes Glück ist dort gebannt. Machen Zahlen dir bekannt als des Pfeiles Unterpfand*. Ich verstehe nur nicht, was *des Pfeiles Unterpfand* bedeuten soll.«

Marie leuchtete ebenfalls auf dem Rahmenteil herum. »Und *Zahlen* kann ich auch nicht erkennen. Egal, aus welchem Winkel ich leuchte.«

Sie sah enttäuscht auf. Franzi zog einen ihrer Haargummis fest. »Ich glaube, es bringt nichts, die Teile einzeln abzuleuchten. Als Heribert Dahl das Rätsel verfasst hat, war der Spiegel ja noch ganz. Das Muster auf dem Rahmen hatte damals doch eine ganz andere Ausrichtung.«

Kim blieb der Mund offen stehen. »Das ist richtig. Daran habe ich nicht gedacht.« Sie schwieg eine Weile. Dann sah sie ihre Freundinnen an. »Es könnte sogar sein, dass der Spiegel nicht nur ganz sein, sondern auch noch an der Stelle hängen muss, an der er immer schon war, damit das mit den Schatten richtig funktioniert!«

Franzi schüttelte den Kopf. »Das klingt total

abgedreht.« Sie grinste. »Und gleichzeitig total logisch. Ich bin dafür, dass wir das ausprobieren. Wir sind ja nur ein paar Schritte von der Fabrikantenvilla entfernt.«

Kim und Marie waren sofort einverstanden. Kim schob das Tagebuch in ihren Rucksack. Dabei sah sie unter der Werkbank etwas Helles aufblitzen. Sie ließ den Lichtkegel ihrer Taschenlampe über den Boden wandern. Er erfasste ein Paar ausgetretene Turnschuhe. Sie lagen mit den Sohlen nach oben auf einem alten Lappen. Daneben stand eine Flasche Benzinreiniger. Kim pfiff durch die Zähne. Sie griff sich einen der Schuhe. »Seht mal. Jemand hat versucht, die Sohlen zu reinigen.«

»Was ihm nicht wirklich gelungen ist«, bemerkte Franzi. »Die sehen immer noch ziemlich blutig aus.«

»Bitte?!«, quietschte Marie.

»Reste von blutroter Haarfarbe. So wie die, die wir auf dem Boden in Giovannis Salon gefunden haben.«

Marie fasste sich schnell wieder. »Die Schuhe des Täters! Da haben wir ein schönes Beweismittel gefunden.«

Kim steckte die Schuhe in eine Plastiktüte und dann in ihren Rucksack.

Sie verließen den Geräteschuppen und schlossen den Riegel lautlos. Gemeinsam schleppten sie die schwere Tasche durch das Gras. Kurz bevor sie zu dem schmalen Zugangsweg kamen, hörte Marie etwas. Sie duckte sich und gab den anderen ein Zeichen. »Da war ein Knacken und Rascheln. Als ob jemand hinter uns herschleicht«, flüsterte sie. Das Herz schlug ihr bis zum Hals.

Als sie plötzlich in ein Paar grün glühende Augen sah, hätte Marie beinahe laut aufgeschrien. Aber Franzi legte sofort die Hand auf ihre Schulter und wisperte: »Das ist bloß die Katze!«

Das Tier maunzte leise, rieb sein Fell kurz an Franzis Wade und verschwand mit einem Sprung im Gebüsch.

»Schwarze Katzen sind doch immer wieder gut für eine gruselige Einlage«, murmelte Marie beschämt.

Sie liefen weiter. Der Fernseher im Gärtnerhaus war mittlerweile verstummt. Alles war dunkel und still.

Bei der Eingangstür der Fabrikantenvilla konnte Marie wieder vollen Einsatz zeigen. Innerhalb von zwei Minuten hatte sie das einfache Bartschloss mit dem Dietrich geknackt.

Kim murmelte: »Hausfriedensbruch Nr. 2.« Kurz hatte sie das Gesicht von Kommissar Peters vor Augen. Schnell verdrängte sie es. Auch sie wollte jetzt unbedingt sofort wissen, was hinter der Spiegelsache steckte.

Im Taschenlampenlicht sahen sie, dass der breite Flur sich zu einer großen Eingangshalle hin öffnete. Sie tasteten sich voran. Marie und Franzi schleiften die schwere Tasche hinter sich her. Der Mosaikboden war erstaunlich sauber.

»Vor sechs Wochen hat hier die Auktion stattgefunden, dafür wurde wahrscheinlich sauber gemacht«, mutmaßte Kim. Marie prüfte die feine Staubschicht auf einer Leiter, die an der Wand lehnte. »Die steht auch noch nicht lange hier.«

Sie betrachtete eine Kabeltrommel, Bauleuchten und einen Werkzeugkasten. »Das haben sie nach ihrer Auktion offensichtlich einfach stehen gelassen.«

»Wahrscheinlich, weil bald mit den Baumaßnahmen begonnen wird«, meinte Kim.

»Dahinten im Erker ist die Dienstbotenrufanlage«, rief Franzi. »Die Haken für den Spiegel sind sogar noch in der Wand. Die Lampe, die auf dem Foto zu sehen war, fehlt allerdings.«

»Es gibt sowieso keinen Strom, denke ich.« Kim betrachtete nachdenklich die Teile des Spiegels, die Marie gerade auf dem Boden ausbreitete.

Die drei Detektivinnen fackelten nicht lange. Sie legten den Spiegel auf die Rückplatte und passten die vier Rahmenteile in der richtigen Abfolge an. Kim holte den Werkzeugkasten. »Wir haben Glück: Hier sind Nägel und ein Hammer! Wer will?«

Franzi meldete sich sofort. Sie hatte schon so viele Käfige und Ställe für ihre Tiere zusammengezimmert, dass diese Aufgabe eine der leichtesten für sie war. Marie und Kim leuchteten mit ihren Taschenlampen. Franzi nagelte mit sicheren Schlägen den Rahmen zusammen. Dann trugen sie den Spiegel gemeinsam zur Dienstbotenrufanlage rüber.

Marie runzelte die Stirn. »Das war ziemlich laut. Hoffentlich hat das niemand gehört.«

»Die Villa hat dicke Mauern und die Fenster sind mit Holzbrettern verschlossen«, beruhigte sie Kim. »Hier bemerkt uns keiner, glaub mir.«

»Ich weiß nicht.« Marie fühlte sich unwohl. Sie hatte das Gefühl, dass sie beobachtet wurden. Im Dämmerlicht der Taschenlampen sah alles so unheimlich aus. Bewegte sich dahinten nicht etwas …?

»Mehr Licht wäre gut«, sagte sie halblaut. Sie nahm eine der Baulampen und lief zu der Kabeltrommel an der Wand. »Ich versuche mal, ob vielleicht doch Strom da ist.«

Marie hantierte eine Weile mit Steckern und Kabeln – und plötzlich leuchtete die Lampe hell auf.

»Das hätte ich jetzt nicht erwartet«, sagte Kim erstaunt.

Marie atmete auf. So fühlte sie sich schon besser.

Kim murmelte: »Wahrscheinlich wurde der Strom zur Auktion angestellt und seitdem nicht wieder unterbrochen.«

»Unser Glück!«, sagte Franzi. »Wir brauchen nämlich auch noch eine Ersatzlampe über dem Spiegel! Los, helft mir mal.« Kim holte die Leiter und sie hängten den Rahmen des Zunftspiegels gemeinsam im Erker auf. Marie befestigte anschließend die Baulampe an den Resten der Lampenfassung, die noch aus der Wand ragte. Sie kletterte von der Leiter herunter.

Dann traten sie alle einen Schritt zurück.

»Wow.« Franzi blieb beinahe der Mund offen stehen. »Das ist unglaublich!«

Kim und Marie nickten stumm.

Das Licht der Baulampe fiel von oben auf den Spiegelrahmen und beleuchtete die Schnitzereien. Nur die Spitzen von fünf Scheren ragten so weit hervor, dass sie Schatten auf der Wand abbildeten. Sie verliefen senkrecht nach unten und waren alle vollkommen gerade. Nur ihre Länge war unterschiedlich. Wie Pfeilspitzen zeigte jeder der fünf Schattenstriche auf je eine Nummer des Zahlenblocks auf der Rufanlage!

»Das ist ein Code!« Kim rieb sich aufgeregt die Hände. »Hundert Prozent!«

»Aber«, flüsterte Franzi, »ich verstehe ihn nicht.«

Kim holte das Tagebuch von Heribert Dahl aus ihrem Rucksack. Sie las vor: »*Machen Zahlen dir bekannt als des Pfeiles Unterpfand.* Die Pfeile zeigen auf die Zahlen der Rufanlage unter dem Spiegel. Mal sehen …« Sie ging nahe an die Anlage heran. »Ich glaube, man kann die Zahlenknöpfe runterdrücken.«

»Ja«, rief Marie. »Das wäre logisch. Man musste das Signal ja ausschalten können. Sonst hätte es ewig geleuchtet, und jeder Bedienstete wäre in das Zimmer gelaufen, obwohl ein anderer schon längst da war.«

»Die fünf Schattenpfeile sind unterschiedlich lang«, sagte Kim aufgeregt. »Ich tippe darauf, dass das die Reihenfolge des Codes angibt. Die Zahl, auf die der kürzeste Schatten zeigt, muss als Erste gedrückt werden. Die unter dem zweitkürzesten ist die zweite. Und so weiter.«

Franzi nickte anerkennend. »Da wäre ich niemals draufgekommen. Aber es klingt gut. Mach mal!«

»Okay. Der Code wäre also: 7 0 1 8 4.« Kim drückte die Tasten.

Es knackte leise. Weiter tat sich nichts.

Die drei !!! hielten den Atem an.

Plötzlich gab es ein lautes Rumpeln.

Marie schreckte zusammen. »Was war das?«

»Das kam von hier!« Franzi deutete auf eine zweigeteilte Tür, die neben dem Zunftspiegel in die Wand eingelassen war. »Die war mir vorhin gar nicht aufgefallen.«

»Ein alter Speiseaufzug!«, rief Kim.

Hinter der grauen Verkleidung quietschte es. Es rumpelte erneut. Dann herrschte Stille. Auf einer in die Wand eingelassenen Tastatur leuchtete ein rotes Licht auf.

Kim sah auf das Rätselgedicht. »*Was oben mit unten verband, zeigt sich in neuem Gewand.* Klar, damit ist der Aufzug gemeint!«

Sie las weiter: »*Und der Schatz aus hohem Stand wartet auf den, der die Lösung fand.*«

Marie riss die Arme hoch. »Wir haben den Schatz gefunden!«

Sie stürzten zur Aufzugstür.

»Jetzt wird es spannend«, murmelte Kim.

»Als ob es das die letzten Stunden nicht war«, antwortete Marie entrüstet.

»Mir ist schon ganz schlecht vor Aufregung«, piepste Franzi. »Lasst uns endlich diese verdammte Aufzugstür öffnen.«

Erwischt!

Marie versuchte die Platte vor dem Schacht hochzuschieben. Es knirschte und quietschte. Putz bröckelte auf den Boden. Aber weiter tat sich nichts. Sie rüttelte mit aller Kraft weiter. »Ich bekomme sie nicht auf«, rief sie. »Die klemmt.«

»Vielleicht musst du deinen Hochleistungs-Rostlöser benutzen«, schlug Franzi vor.

Kim schüttelte den Kopf. »Das wird nichts nützen.« Sie deutete auf die Seiten der Tür. Rechts und links befanden sich zwei kleine Metallplatten. »Die ist mit dem Rahmen verschraubt. Heribert Dahl machte es uns nicht gerade leicht.« Sie lief zum Werkzeugkasten und kam mit einem Schraubendreher zurück. »Hier, damit sollte es gehen.«

Gespannt warteten sie und Franzi, bis Marie die beiden Platten losgeschraubt hatte. Es klirrte leise, als die Schrauben über den Boden rollten.

Marie wuchtete die Schiebetür hoch. Die drei Detektivinnen hielten den Atem an: Das Licht von drei Taschenlampen fiel auf einen verstaubten Metallkasten.

»Eine Geldkassette«, flüsterte Kim. »Der Schlüssel steckt! Mach sie auf, Marie!«

Das musste sie ihrer Freundin nicht zweimal sagen. Marie hob die Kassette aus dem Schacht und stellte sie auf den Boden. »Sie ist ziemlich leicht«, sagte sie. »Goldbarren oder Diamanten sind da nicht drin.«

Sie drehte den Schlüssel im Schloss und klappte den Deckel hoch. »Aber Geldscheine!«

Dutzende von dicken Bündeln lagen ordentlich mit Bändern zusammengehalten da. Marie nahm eines und blätterte es durch. »Das sind alte D-Mark-Scheine. Tausender!«

Kim pfiff durch die Zähne. »Da sind auch noch Fünfhunderter und Hunderter.« Sie stapelte die Scheine und versuchte die Summe zu überschlagen. »Das könnte fast eine halbe Million D-Mark sein!«

Franzi machte ein enttäuschtes Gesicht. »Die Währung ist doch seit Ewigkeiten nicht mehr gültig.« Sie schüttelte den Kopf. »Wie schade. Das ist alles nur noch wertloses Altpapier!«

»Quatsch«, sagte Kim. »Die Scheine kann man bei der Bundesbank immer noch in Euro umtauschen.«

Franzi und Marie rissen die Augen auf. »Wir haben also einen Schatz im Wert von 250.000 Euro gefunden«, hauchte Marie. »Nicht schlecht!«

»Aber warum hat der Fabrikant das Geld hier versteckt? Woher hatte er es? Warum dieses Rätselgedicht? Warum dieses ganze komplizierte System?! Wer sollte das Geld jemals finden?« Kim hatte mehr als drei Fragezeichen auf der Stirn.

»Was machen wir jetzt?«, fragte Marie ratlos.

Ein heiseres Lachen ertönte aus der gegenüberliegenden Ecke.

Die drei Detektivinnen fuhren herum.

Marie schrie auf: Eine dunkle Gestalt löste sich aus dem Schatten. Sie ging auf die drei Mädchen zu.

Als sie im Licht der Baulampe stand, erkannten die drei !!! sie: Es war Max Feiler!

Er hatte ein gieriges Grinsen im Gesicht. »Sehr schön gemacht, ihr Mädchen! Das Geld gehört mir! Und jetzt her damit!« Er schlenderte weiter auf die drei !!! zu.

Marie klappte die Kassette zu und riss sie an ihre Brust. »Bleiben Sie stehen, wo Sie sind, und rühren Sie sich nicht!«, rief sie verzweifelt.

»Das war jetzt eigentlich mein Part«, knurrte Feiler. »Los, alle zusammen in die Ecke da!« Er streckte den Arm vor. Kim schluckte. Der Mann zielte mit einer Pistole auf sie!

»Hören Sie, machen Sie keinen Quatsch!«, sagte Kim, so ruhig es ihr möglich war.

»Das sagt die Richtige! Ich wehre mich hier

gerade gegen drei Einbrecherinnen, die mein Geld stehlen wollten.« Feiler schob sich das Basecap aus der Stirn.

Marie spürte, wie eine heiße Welle der Wut durch ihren Körper flutete. »Wer sagt denn, dass das ihr Geld ist? Und überhaupt: Sie haben zuerst eingebrochen! In Giovannis Salon nämlich. Sie haben dort alles verwüstet, seine Spiegel gestohlen ...«

»Was erzählst du denn da?«, unterbrach sie der Mann mit eiskaltem Lächeln. »Den Spiegel habe ich auf dem Sperrmüll gefunden.«

Jetzt wurde Kim wütend. »Oh nein! Das ist eine dreiste Lüge! Wir haben Beweise gegen Sie.«

»Was sollte das sein?« Feiler lehnte sich gegen die Wand. Die Pistole hielt er weiter auf die drei Mädchen gerichtet.

»Wir haben ihre Schuhe gefunden. Mit Farbresten auf den Sohlen«, rief Kim. »Farbreste, die exakt zu den Spuren im ›Spiegelsalon‹ passen. Geben Sie auf, die Beweislage ist eindeutig!«

Feiler stutzte. »Ihr kleinen Gören! Ihr könnt einem richtig unheimlich werden. Ich beobachte euch schon seit über zwei Stunden. Erst steigt ihr in den Geräteschuppen ein und entwendet meinen Spiegel. Und dann löst ihr dieses verdammt vertrackte Rätsel von dem Alten. Und nebenbei sichert ihr Beweismaterial.« Er lachte. »Aber das alles nutzt euch Hobbyschnüfflern jetzt nichts mehr.«

Den drei !!! stockte der Atem. Was hatte der Mann vor?

Feiler lief zu der Kabeltrommel. Er schleifte sie zu einer Säule in der Mitte der Empfangshalle.

»Los, herkommen!« Er zielte auf Marie. »Und du stellst vorher die Kassette auf den Boden!«

Marie tat, was der Mann gesagt hatte. Die drei Detektivinnen trotteten los. Plötzlich kam Kim ins Straucheln. Sie hielt sich an Franzi fest, trotzdem knickte sie in den Knien ein. Während Franzi ihr beim Aufstehen half, tastete Kim nach dem Handy in der Bauchtasche ihres Shirts. Marie blieb stehen und half ihren Freundinnen. »Hast du dir wehgetan?«, fragte sie Kim besorgt.

»Nein, nein, schon gut«, murmelte Kim. Dabei tippte sie blitzschnell die Tastenkombination ins Handy, die sie zu Hause stundenlang blind eingeübt hatte.

Kim nickte ihren Freundinnen unmerklich zu.

Feiler fuchtelte ungeduldig mit der Waffe. »Los, los, weiter. Könnt ihr nicht mehr laufen? Zittern euch die Knie schon so? Haha!«

Der Mann begann sie mit dem Kabel zu fesseln.

Plötzlich waren Schritte zu hören. Dann ertönte ein schriller Schrei.

Er kam von einer grauhaarigen Frau, die zusammen mit einem weißhaarigen Mann im Durchgang stand: Marlene und Carl Feiler.

Frau Feiler hatte die Hand vor den Mund geschlagen und starrte abwechselnd ihren Sohn und die drei Mädchen an.

»Was ist hier los?«, fragte Carl Feiler mit fester Stimme. Er sah seinen Sohn an. »Was soll das?!«

Max ließ vor Schreck die Waffe fallen. Mit einem seltsam hohlen Klang prallte sie auf dem Boden auf.

»Eine Spielzeugpistole!«, rief Franzi. »Wenn ich das gewusst hätte!«

Max Feiler stand wie ein begossener Pudel da. »Papa, was macht ihr denn hier?«

»Wir sind vom Doppelkopfabend heimgekommen und sahen einen Lichtschein in der Fabrikantenvilla. Ich dachte, dass die Handwerker vergessen haben, die Bauleuchten auszuschalten.« Carl Feiler schluckte. »Ich wollte das schnell erledigen. Aber dann habe ich deine Stimme gehört ...«

Frau Feiler schluchzte auf: »Max. Was machst du für Sachen!«

Ihr Mann half den drei !!!, sich von dem Kabel zu befreien. Max stand mit hängenden Armen da.

»Was wolltest du von den Mädchen?«, fragte Herr Feiler entsetzt. Sein Blick streifte die offene Schiebetür des Aufzugs. »Wieso ist er offen? Der

Aufzug ist seit Jahrzehnten nicht mehr in Betrieb.«

Frau Feiler hatte sich auf eine Stufe der Leiter gesetzt. Sie kämpfte mit den Tränen. Dann sah sie die offene Geldkassette. »Wo kommt das viele Geld denn her?«

Carl Feiler schüttelte mechanisch den Kopf. »Und was macht das Tagebuch von Heribert Dahl hier auf dem Boden?« Er sah fragend in die Runde. Dabei entdeckte er den Zunftspiegel an der Wand.

Er schloss die Augen und atmete tief durch. »Ich glaube, es gibt eine Menge zu erklären, Max!«

»Das glaube ich allerdings auch.«

Die drei !!! rissen die Köpfe herum. Das Ehepaar Feiler sah erschrocken drein. Ihr Sohn ließ sich mit dem Rücken an der Wand heruntergleiten und bettete den Kopf auf die Knie.

»Hallo, da sind Sie ja!«, begrüßte Kim Kommissar Peters freudig. Von allen unbemerkt hatte er den Raum betreten. Zwei Polizeibeamte waren an der Tür zum Flur positioniert. Der Kommissar hatte kleine Augen und seine Haare waren verstrubbelt. Er sah sehr müde aus, wie Marie feststellte.

Seine Stimme jedoch war erstaunlich laut, als er anfing zu reden: »Kim Jülich! Verlasse dich nie wieder darauf, dass ich euch finde, wenn du weit nach Mitternacht eine SMS mit dem Wortlaut ›Wir benötigen Ihre Hilfe!!!‹ an mich absetzt!« Er schnaufte verärgert. »Erstens: Das ist nicht die übliche Uhrzeit, zu der ich meine Nachrichten zu checken pflege. Ich war heute nur zufällig noch wach. Zweitens: Es ist nicht gerade einfach, euch zu finden, wenn ich keine Adresse habe!«

»Aber Sie können doch mein Handy orten, dachte ich.« Kim zog den Kopf ein, als der verärgerte Blick des Kommissars sie traf.

»Das ist im Prinzip richtig. Aber die Ortung funktioniert doch nicht auf die Hausnummer genau! Wir hätten die komplette Straße absuchen müssen, wenn uns nicht der blaue Pkw mit eingeschaltetem Licht vor dem Haus aufgefallen wäre. Diesen Freitag noch kommt ihr nachmittags zu mir ins Präsidium. Dann werden wir mal ein Wörtchen miteinander reden!«

Die drei !!! schwiegen betreten.

Carl Feiler räusperte sich. »Guten Abend, Herr Kommissar.« Er zögerte. Dann fuhr er fort: »Darf ich fragen, wer diese drei Mädchen sind?«

Der Kommissar nickte. »Ja, guten Abend. Sie dürfen, Sie dürfen. Aber erst einmal sagen *Sie* mir bitte, wer *Sie* überhaupt sind und was *Sie* hier zu suchen haben!« Er sah aus sehr müden Augen Carl Feiler an, dann dessen Frau und schließlich Max, der immer noch zusammengekauert dasaß und keinen Mucks von sich gab.

Detektivtagebuch von Kim Jülich
Freitag, 20:00 Uhr

Wir waren heute Nachmittag bei Kommissar Peters auf dem Präsidium und haben uns einen zweistündigen Vortrag über Diebstahl, Hausfriedensbruch, Jugendstraf- und Jugendschutzgesetz angehört. Ich habe den Kommissar noch nie so sauer erlebt. Dabei wollten wir doch nur zur Aufklärung eines Einbruchdiebstahls beitragen ... Ich hatte ja die ganze Zeit ein schlechtes Gefühl bei unserer Nachtaktion – besonders, weil sie auch noch meine Idee war. Und nach heute Nachmittag bin ich endgültig bedient!!! Ich bin froh, dass Peters unseren Eltern nichts erzählen wird. Das hat er dann doch noch versprochen, nachdem wir drei ziemlich betroffen vor ihm saßen.

Allerdings war Peters von unserer Leistung beim Rätselknacken ziemlich beeindruckt. Immerhin haben wir dadurch eine viertel Million Euro gefunden, die vielleicht sonst im Aufzugsschacht verrottet wären. Peters hat uns dann noch einiges aus der Vernehmung von Max Feiler am Donnerstag erzählt, was unsere letzten Fragen beantworten konnte:

Die Eltern, Marlene und Carl Feiler, hatten für Heribert Dahl jahrelang als Haushälterin bzw. Chauffeur gearbeitet und in dem Gärtnerhaus gewohnt.

Bevor der Fabrikant starb, vermachte er ihnen dort das lebenslange Wohnrecht. Außerdem vererbte er Herrn Feiler sein altes Tagebuch. Die Stadt bekam die Villa. Carl Feiler las das Tagebuch kurz an, fand darin nur die leicht verbitterten Worte eines einsamen, alten Mannes und legte es in seine Schreibtischschublade. Er hatte Heribert Dahl ja jahrelang erlebt, war mit ihm auch gut ausgekommen, aber er hatte kein größeres Interesse daran, die Gedanken dieses verschrobenen Menschen genauer unter die Lupe zu nehmen. Das war ein entscheidender Fehler! Der Fabrikant muss nämlich das Rätselgedicht kurz vor seinem Tod aufgeschrieben haben, damit sein Chauffeur es knacken und das Versteck finden sollte! Ein kompliziert gesichertes Versteck – das er sich als Hobbytüftler ausgedacht hat, um darin jahrzehntelang seine Ersparnisse zu horten. (Warum der alte Mann dem Chauffeur nicht einfach ganz offiziell das Geld vermacht hat, weiß wohl nur er allein. Menschen können schon komisch sein. Aber für jemanden, der sein Geld nicht zur Bank bringt, sondern in einem alten Lastenaufzug versteckt, den er zwischen den Stockwerken blockiert, um dann an der Elektronik herumzubasteln, sodass nur eine spezielle Zahlenkombination – gedrückt auf einer Dienstbotenrufanlage(!) – ihn wieder in Gang setzt – ja, für so jemanden ist es wahrscheinlich völlig logisch, dass derjenige, der sein Geld erben soll, erst mal ein Rätsel lösen muss …)

Und jetzt wird es noch verrückter: Vor ungefähr sechs Wochen wurde das Mobiliar aus der Villa versteigert, weil die Stadt sich endlich, nach zehn Jahren, entschlossen hatte, das Gebäude zu nutzen. Frau Feiler, die die Auktion für die Stadt vorbereitete und durchführte, erinnerte sich an das alte Tagebuch. Sie wollte es zuerst mitversteigern lassen, entschied sich dann aber dagegen, weil es ihr doch zu privat erschien. Das Buch blieb liegen und Max Feiler fand es zufällig, einige Tage nachdem die Auktion stattgefunden hatte. (Er wohnt noch bei seinen Eltern, weil er mit 32 Jahren immer noch studiert und kein eigenes Geld verdient.) Im Gegensatz zu seinem Vater las er das Gedicht auf der letzten Seite. Da er als Kind oft mit seiner Mutter in der Villa war und in der Empfangshalle unter dem Zunftspiegel gespielt hatte, vermutete er sofort, dass es um diesen Spiegel ging. Er schloss aus dem Rätselgedicht, dass etwas Wertvolles darin verborgen sein musste. Allerdings musste er feststellen, dass der Spiegel nicht mehr in der Villa hing. In den Unterlagen seiner Mutter entdeckte er, dass Giovanni ihn ersteigert hatte.
Nun versuchte Max Feiler alles, um an den ›wertvollen‹ Spiegel heranzukommen:
Offensichtlich ist es schon stadtbekannt, wie abergläubisch Giovanni ist. Somit versuchte Feiler es mit dem anonymen Anruf und dem Vorschlag, den Spiegel zum Friedhof zu bringen. Dort hätte er ihn ganz einfach abholen können. Doch Giovanni machte nicht mit.

Also kam Feiler im Laden vorbei und täuschte vor, den Spiegel im Vorbeigehen gesehen zu haben und für seine Freundin kaufen zu wollen. Auch das klappte nicht (Hier hätte Marco hellhörig werden müssen: Man kann von außen gar nicht in den Laden hineinsehen!)
Beim anschließenden Termin im Friseurladen konnte sich Feiler gut orientieren. Er stellte fest, dass die Hintertür nur ein einfaches, leicht zu knackendes Schloss besitzt.
Jetzt blieb dem Täter nur noch der Einbruch in den Friseursalon und der Diebstahl des Spiegels. Er hatte sich so in die Idee verrannt, ein Vermögen zu finden, dass er vor nichts mehr zurückschreckte!
Und jetzt kommt das völlig Verrückte: Feiler nahm fast alle Spiegel mit und täuschte Vandalismus vor, um vom Zunftspiegel abzulenken! Nach diesem hatte er ja bereits persönlich gefragt. Er fürchtete, dass man ihn erkennen und sofort damit in Zusammenhang bringen würde, wenn nur genau dieser Spiegel fehlte.
Allerdings hatte Feiler einen großen Teil der Zerstörung im Laden unabsichtlich verursacht. Ihm ist einer der schweren Spiegel beim Abnehmen aus der Hand gerutscht und in das Regal mit den Färbemitteln gedonnert. Als es zusammenbrach, riss es den Verkehrsspiegel mit sich, der dann in tausend Scherben zerbrochen ist.
(Ein bisschen hat Giovanni also doch recht gehabt

mit seiner Annahme, dass das alles ein Werk von Dämonen war. Es waren die Dämonen der Gier, die Max Feiler zu all dem angestiftet haben!!!)
Dies ist wohl der längste Eintrag seit Bestehen unseres Detektivklubs geworden. Mir fallen die Finger ab und mein Kopf raucht. Bin ich froh, dass das alles überstanden ist!!!

Geheimes Tagebuch von Kim Jülich
Freitag 21:50 Uhr

Finger weg vom Tagebuch, Ben und Lukas. Sonst könnte es passieren, dass ich an eurem Zimmer Hausfriedensbruch begehe und mir bei einem anschließenden Einbruchdiebstahl euren Fußball unter den Nagel reiße. Vielleicht kommt noch Vandalismus hinzu. Das geht schneller, als man denkt.
Morgen werde ich einfach nur schlafen. Die Ereignisse der letzten Tage haben ganz schön viel Kraft gekostet. Besonders der Donnerstag war hart. Kommissar Peters hat uns um 1:15 Uhr zu Marie nach Hause gebracht. Eine halbe Stunde später kamen Tessa und Maries Papa von ihrem Nachtdreh zurück. Sie haben nichts bemerkt. Auch nicht am Morgen. Die beiden haben noch fest geschlafen, als wir uns für die Schule fertig gemacht haben. Ja, wir haben das echt eiskalt durchgezogen. Allerdings bin ich in Bio dann eingeschlafen.
Übermorgen fahren Franzi und ich endlich zum

Freizeitpark und sehen uns die Feuerwerksshow von Michi und Felipe an!
Ich freue mich so !!!
Aber das Beste ist: Ich sehe Michi schon morgen! Giovanni und Marco haben nämlich spontan zu einer kleinen Party zur Feier des gelösten Falls im Salon eingeladen. Wir haben den Jungs natürlich auch Bescheid gesagt. Alle drei wollen kommen!
Ich freue mich sooo !!!
*Meine Schreibübung werde ich irgendwann einmal fortsetzen – heute bestimmt nicht mehr. Jetzt heißt es: Schlaf nachholen! Ich will morgen schließlich fit für die Party sein. *Gähn* Gute Nacht!*

Gegenzauber

Marie schlenderte neben Holger durch den Friseursalon und nippte an ihrem Fruchtcocktail. Gut zwei Dutzend Menschen waren der Einladung von Giovanni und Marco gefolgt. Sie alle feierten an diesem Samstagabend den erfolgreich gelösten Fall der drei !!!. Fröhliche Stimmen mischten sich mit leiser Jazzmusik, Gläser klirrten und immer wieder wurde irgendwo laut gelacht. Sogar Kommissar Peters war gekommen. Marie war erleichtert. Das konnte nur bedeuten, dass er nicht mehr auf sie böse war.

Der Salon sah wieder perfekt aus. Nur ein Absperrband um den Bereich der Waschbecken erinnerte daran, dass hier vor Kurzem das Chaos geherrscht hatte. Die verfärbten Terrazzoplatten waren erst am Freitag vom Fliesenleger ausgetauscht worden und durften noch nicht betreten werden. Dafür hingen fast alle Spiegel wieder. Kommissar Peters hatte dafür gesorgt, dass sie aus dem Geräteschuppen der Feilers abgeholt und Marco und Giovanni direkt in den Laden geliefert wurden. Auch den Zunftspiegel hatten sie wieder an seinen alten Platz gehängt. Nur der zersplitterte Verkehrsspiegel fehlte. Die Nische, in der er sich befunden hatte, war mit einem dunkelblauen Samttuch verdeckt. Marie reckte neugierig den Hals. Giovanni kam mit einem Champagnerglas in der Hand auf sie zu. »Geduld, meine Liebe!«, sagte er lächelnd. »Das ist eine Überraschung.« Er lief weiter und gesellte sich zu Pietro und Marco, die unter dem Narziss-Spiegel standen. Marie beobachtete, dass sich die drei angeregt unterhielten. Sie atmete auf. Das Verhältnis zu Pietro schien nun geklärt zu sein.

Holger lachte. Er deutete zu dem spiegellosen Rahmen mit den Kerzen und Fledermäusen hin. »Ich freue mich schon auf den *Tanz der Vampire* morgen«, sagte er. Marie nickte begeistert. »Ich mich auch. Das wird großartig!« Ihr Herz schlug schneller. Ja, sie freute sich sehr auf den Abend mit Holger. Und in diesem Moment wurde ihr klar, dass sie dem Jungen von der Rolltreppe gleich nachher eine SMS schreiben musste. Sie würde sich bei ihm noch mal für die Rettung bedanken – und die Einladung ins Café ablehnen. Eisessen war mit Holger doch immer noch am schönsten …

»Hallo, ihr zwei!« Franzis fröhliche Stimme riss Marie aus ihren Gedanken. Ihre Freundin kam Hand in Hand mit Felipe auf sie zugeschlendert. Die beiden sahen sehr verliebt aus.

Felipe stupste mit dem Finger zärtlich gegen eine von Franzis Zopfspitzen. »Mein süßer *Quetzal*!«, sagte er leise.

Marie machte große Augen. »*Katzerl*?!«, rief sie erstaunt. Dann brach sie in schallendes Gelächter aus. Sie musste sich an Holger festhalten, um nicht umzukippen. »Felipe spricht Bayrisch!«, rief Marie immer noch kichernd. »*Katzerl*!«

Der Halbmexikaner sah sie verständnislos an.

»Doch nicht *Katzerl*!« Franzi boxte Marie leicht am Arm. »Sondern *Quetzal*! – Das ist ein wunderschöner Vogel, der in den Wäldern Mexikos lebt und leuchtend grüne Federspitzen hat.« Sie drehte die Augen nach oben und deutete auf ihre Zöpfe. »Felipe findet, dass ich damit jetzt so aussehe.«

»Genau«, sagte Felipe. »Es ist Aztekisch und bedeutet ›kostbares Grün‹.«

»Der *Quetzal* ist in Mexiko das Symbol für Freiheit«, fügte Franzi hinzu. Sie zwinkerte Marie zu.

Marie grinste. »Das klingt doch sehr gut.« Offenbar hatte Felipe in der letzten Zeit einiges dazugelernt.

»Meine Mutter findet leider, dass es das Symbol für ›Franzi dreht durch‹ ist. Aber sie wird sich schon wieder einkriegen.« Franzi nahm einen Schluck von ihrer Cola und nickte zuversichtlich. »Ich habe übrigens vorhin mit Kommissar Peters gesprochen.«

»Und, konnte er dir sagen, wer das Geld nun behalten darf?«, fragte Marie.

Franzi schüttelte den Kopf. »Nein. Das wird noch eine Weile dauern. Er meinte, dass das in diesem Fall etwas kompliziert ist und das Nachlassgericht entscheiden muss. Es muss sichergestellt sein, dass Heribert Dahl wirklich keine Verwandten mehr hat. Denen würde in jedem Fall ein Anteil vom Geld zustehen.«

»Aber der Fabrikant wollte doch, dass der Chauffeur, Carl Feiler, sein Vermögen findet«, sagte Marie. »Wozu hätte er ihm sonst das Tagebuch mit dem Rätselgedicht vererbt?«

Franzi nickte nachdenklich. »Ja schon. Aber die Villa hat er eben der Stadt vermacht.«

»Und weil die Kassette in der Villa war, gehört das Geld jetzt womöglich der Stadt?«

»Vielleicht. Das muss noch geklärt werden.«

Marie seufzte. »Ich drücke dem Ehepaar Feiler jedenfalls die Daumen, dass sie das Geld behalten dürfen. Die sind mit ihrem Sohn Max schon gestraft genug.«

Franzi nickte. »Peters meinte, dass es für Diebstahl durch Einbruch bis zu fünf Jahren Haftstrafe geben kann. Und dann kommt in seinem Fall noch Freiheitsberaubung hinzu, weil er uns bedroht hat und fesseln wollte.«

Felipe sah Franzi aus großen Augen an. »Das hast du mir noch gar nicht erzählt!«

Franzi zuckte mit den Schultern. »So weit war ich vorhin noch nicht gekommen.« Sie lächelte ihren Freund an. »Ich erzähle es dir nachher in aller Ruhe, versprochen.«

Marie hatte eine Gänsehaut. »Wenn ich daran denke«, murmelte sie, »dass wir selbst eingebrochen sind ...«

Giovanni klopfte mit einer Gabel an sein Glas. Die Gäste wurden leiser und verstummten schließlich ganz. Dankbar für die Ablenkung drehte sich Marie zu dem Stylisten.

Er stand zusammen mit Marco vor der verhüllten Nische. Beide strahlten um die Wette.

Giovanni räusperte sich. »Ich will es kurz machen. Denn für das, was diese drei mutigen Mädchen – Marie, Kim und Franzi – für Marco und mich getan haben, fehlen mir einfach die richtigen Worte ... Ihr alle wisst, was hier passiert ist.«

Leises Stimmengewirr erklang, das sofort wieder verstummte, als Giovanni fortfuhr: »Ich bin unendlich froh, dass *Die drei !!!* nachweisen konnten, dass es sich hierbei weder um einen Sabotageakt handelte ...«, der Stylist zögerte kurz und schluckte, »noch um okkulte Machenschaften.« Er lächelte Marco entschuldigend an. »Dass sich hinter allem ein Kriminalfall verbirgt, ist schlimm. Aber ich denke, wir müssen auf das Positive sehen. Und das ist die Leistung dieser drei Detektivinnen!«

Marco fuhr fort: »Wir haben deshalb eine kleine Überraschung als Dankeschön für euch vorbereitet.«

»Unsere neue *Die drei !!!*-Nische!«, rief Giovanni und zog das Tuch weg.

Ungläubig starrte Marie auf den großen Spiegel, der zum Vorschein kam. Sein breiter Rahmen war über und über mit Ausrufezeichen geschmückt, die aus bunten Mosaiksteinen zusammengesetzt waren!

Jubelnder Applaus brach los. Franzi fiel Marie um den Hals. Plötzlich tauchte Kim aus der Menge auf. Zu dritt führten sie einen kleinen Freudentanz auf. Danach bedankten sie sich überschwänglich bei den beiden Stylisten.

Giovanni lächelte zufrieden. »Ich habe das Muster entworfen. Und unser Fliesenleger hat gestern extra Überstunden gemacht, um dieses kleine Kunstwerk zu schaffen. Dahinten steht er.« Giovanni winkte einem untersetzten Mann in Jeanshemd und verbeulter Cordhose zu, der sich gerade mit Eva unterhielt. Er winkte mit verschmitztem Lachen zurück.

Franzi klopfte Kim auf die Schulter. »Nett, dich heute Abend auch noch mal zu Gesicht zu bekommen«, sagte sie grinsend.

Kim lächelte irritiert. »Wie meinst du das? Ich bin doch schon die ganze Zeit über da.«

»Ja, zusammen mit Michi Millbrandt, mit dem

du seit einer Stunde in der Sternenschweif-Nische sitzt und tuschelst.«

Marie nickte. »Und zwar ziemlich dicht beieinander.«

»Wir haben über das Feuerwerk gesprochen, das Michi und Felipe morgen ausprobieren werden«, sagte Kim sofort. »Ich bin schon so gespannt darauf. Ich habe da auch ein paar Ideen, die Michi sehr interessant findet.«

»Ach, das Feuerwerk. Ja klar.« Franzi grinste und wechselte einen vielsagenden Blick mit Marie.

»Schade, dass du vorhin nicht mitbekommen hast, wie wir zusammen mit Giovanni den Gegenzauber für den kaputten Spiegel zelebriert haben«, sagte Marie plötzlich.

»Bitte was?«, fragte Kim entgeistert.

»Wir haben die Scherben schwarz gefärbt und im Hinterhof vergraben.« Franzi nickte zufrieden. »Jetzt kann nichts mehr passieren.«

Kim schüttelte entsetzt den Kopf. »Wo soll das bloß mit euch hinführen?«

In diesem Moment stieß Michi zu ihnen. »Hallo allerseits! Herzlichen Glückwunsch zum erfolgreich gelösten Fall!«, sagte er und lächelte Franzi und Marie zu. Er hatte zwei Gläser mit eisgekühlter Cola in der Hand. »Möchtest du?« Er hielt Kim ein Glas hin.

»Ja, gerne!« Kim nahm die Cola und beugte

sich über den Strohhalm. Marie sah trotzdem, dass die Wangen ihrer Freundin verräterisch rosa gefärbt waren.

»Ich habe übrigens noch etwas sehr Interessantes vom Kommissar erfahren«, erzählte Franzi. »Es betrifft diesen Zunftspiegel.«

Sieben Augenpaare richteten sich neugierig auf sie.

»Die Zeichen darauf gehören gar nicht zur Zunft des Friseurhandwerks!«

Giovanni zog die Augenbraue hoch. »Wie bitte? Aber das ist doch eindeutig: Scheren, Haarlocken, Wasserbecken für die Rasur …«

Franzi zuckte mit den Schultern. »Frau Feiler hat Peters erzählt, dass die Zunftzeichen der Schneider- und Textilbranche darauf angebracht sind: Scheren, Nadel und Faden und Zwirnrollen.«

Marie nickte. »Das wäre ja auch logisch. Der Textilfabrikant hat ihn schließlich in Auftrag gegeben. Wir haben uns doch auch schon gewundert, warum er eine heimliche Vorliebe für das Friseurhandwerk hatte.«

Giovanni klappte den Mund wieder zu. »Das gibt es doch nicht! Dann sind das gar keine Haarlocken, sondern Nadel und Faden, und die Rasurbecken sind Zwirnrollen! Oh nein.« Er lächelte schief. »Wenn ich das gewusst hätte, hätte ich den Spiegel gar nicht gekauft.«

Marco seufzte. »Und uns allen eine Menge Ärger erspart.«

»Du sagst es.« Giovanni fing plötzlich an zu lachen. »Das ist doch total verrückt!«

Die drei !!! sahen sich an. Dann mussten auch sie plötzlich lachen. Sie kicherten, bis ihnen die Tränen über die Wangen liefen.

Als Marie zufällig in den neuen Spiegel sah, blickten ihr daraus drei glückliche Gesichter entgegen: Kim, Franzi und Marie – die drei !!! – umgeben von Hunderten von kleinen bunten Ausrufezeichen.

Und Marie wusste in diesem Moment ganz genau: Sie würden noch Hunderte von spannenden Fällen gemeinsam lösen!